QUAND LA BELLE SE RÉVEILLERA

DU MÊME AUTEUR
CHEZ LE MÊME ÉDITEUR

L'Esprit de famille (tome I)
L'Avenir de Bernadette (*L'Esprit de famille*, tome II)
Claire et le Bonheur (*L'Esprit de famille*, tome III)
Moi, Pauline! (*L'Esprit de famille*, tome IV)
L'Esprit de famille (coffret tomes I à IV)
Cécile, la Poison (*L'Esprit de famille*, tome V)
Cécile et son amour (*L'Esprit de famille*, tome VI)
Une femme neuve
Rendez-vous avec mon fils
Une femme réconciliée
Croisière (tome I)
Les Pommes d'or (*Croisière*, tome II)
La Reconquête
L'Amour, Béatrice
Une grande petite fille
Belle-grand-mère (tome I)
Chez Babouchka (*Belle-grand-mère*, tome II)
Boléro
Bébé couple
Toi, mon pacha (*Belle-grand-mère*, tome III)
Priez pour petit Paul
Recherche grand-mère désespérément
Allô, Babou, viens vite... on a besoin de toi (*Belle-grand-mère*, tome IV)
Laisse-moi te dire
Malek, une histoire vraie
Sois un homme, papa
Une vie en plus
Belle arrière-grand-mère
Voulez-vous partager ma maison ?
La Lanterne des morts
Les Quatre Filles du docteur Moreau
Toi, Pauline
Puisque tu m'aimes
Rose de sang, rose d'Ouessant
Ne pleure plus, Marie

CHEZ D'AUTRES ÉDITEURS

Vous verrez, vous m'aimerez, Plon
Trois femmes et un empereur, Fixot
Une femme en blanc, Robert Laffont
Marie Tempête, Robert Laffont
La Maison des enfants, Robert Laffont
Cris du cœur, Albin Michel
Charlotte et Millie, Robert Laffont
Histoire d'amour, Robert Laffont
Le Talisman, Robert Laffont (*La Chaloupe*, tome I)
L'Aventurine, Robert Laffont (*La Chaloupe*, tome II)
Allez France, Robert Laffont
Je serai la Princesse du château, Éditions du Rocher
Un amant de déraison, Éditions du Rocher
Loup y es-tu ?, Robert Laffont
N'ayez pas peur, nous sommes là, Flammarion
Chuuut !, Robert Laffont
Au plaisir d'aimer, Flammarion
Une femme, Flammarion

Tous les livres cités sont également publiés au Livre de Poche, excepté les romans des éditions Robert Laffont, publiés chez Pocket.

Janine Boissard

Quand la belle se réveillera

roman

Fayard

Couverture : Nuit de Chine
Illustration : © Shutterstock

ISBN : 978-2-213-72215-3

Un grand merci aux membres du Sirpa-Gendarmerie qui m'ont, si généreusement, aidée à camper mon adjudant Germain Buisson, l'un des héros de cette histoire.

Merci également à mon amie Catherine Le Cossec, pour son aide et pour son affection.

Et merci à mon gendre : Jean-François Guilmard, le premier à m'avoir encouragée à écrire cette histoire.

PARTIE 1

CAPTIVE

– 1 –

Ça sent la paille. La paille ? Pas la bonne, celle dans laquelle vous vous blottissiez enfant, qui croustille et fleure l'été, les grandes vacances, avec en prime un petit parfum d'interdit. La paille souillée, pourrie.

Où est-elle ?

Ses paupières sont lourdes, comme scotchées à ses pommettes. Elle a mal à la tête, au cœur, une bouche comme du carton et soif, si soif ! Et froid. Il lui semble émerger d'un cauchemar.

Un cauchemar ? Allez, Alma, réveille-toi.

Au prix d'un immense effort, elle parvient à soulever ses paupières. Oui, de la paille, aussi loin qu'elle peut voir, recroquevillée sur elle-même dans l'obscurité. De la paille contre sa joue, sous son dos, ses jambes, partout.

D'une main tremblante, elle tâtonne. Sous la paille, un sol dur : du ciment ? Elle va à ses vêtements : pull, jupe, chaussettes. Revient à sa jupe. Cette tiédeur humide, serait-ce ? Glisse sa main sous sa jupe, atteint sa culotte. Oh non ! Oh si. Elle s'est fait dessus comme une gamine atteinte d'énurésie, comme une femme de 23 ans morte de peur. C'était cela aussi l'odeur pourrie.

Alma referme les yeux, anéantie.

Allez, redresse-toi !

S'efforçant d'ignorer les battements précipités de son cœur, réfrénant l'envie d'abandonner, elle étend ses jambes, l'une puis l'autre, se tourne sur le côté. Et un cri lui échappe : ce cliquetis sur le sol, ce poids à sa taille, c'est une chaîne. On l'a enchaînée, oui, un cauchemar : en vrai.

Combien de temps reste-t-elle ainsi, assommée, incapable de rassembler ses idées, de démêler le vrai du faux ? Jusqu'à ce qu'une voix en elle lui ordonne de réagir, de reprendre ses esprits : allez !

Alors elle saisit la chaîne entre ses doigts et en remonte un à un les maillons, allez, allez, jusqu'au mur : l'anneau où elle est fixée.

Un mur ? Non : trois, sous un toit plat de ciment. Et plus loin, une ouverture et comme de la lumière, faible mais tenace : le jour ?

Mue par l'espoir, Alma rampe, se traîne, encore, encore, et ça y est, elle y est. Et rouvrant les yeux, c'est de soulagement qu'elle crie : oui, la lumière du jour !

Elle tombe d'une verrière et, comme pour l'accompagner, partout des bruits s'élèvent, des bourdonnements d'insectes, des craquements furtifs : une souris ? Un rat ? Et soudain un chant, deux, dix, le chant des oiseaux dont les ombres passent et repassent sur la verrière : un ballet, un opéra. Et ce bonheur qui la déchire, c'est qu'ils chantent la vie triomphant de la nuit.

Quelle heure ?

Machinalement, les doigts d'Alma vont à son poignet : pas de montre, plus de montre. Celle aux aiguilles lumineuses qui la rassurent et l'aident à s'endormir comme, lorsqu'elle était enfant, le rai de lumière filtrant sous la porte de ses parents.

« Une petite fille ! » s'attendrit Mathis.

MATHIS !

Le nom a explosé dans sa tête : son mari, son doux et tendre compagnon, son amour. Et, avec ce prénom, c'est une chambre qui lui apparaît, la leur, dans leur maison à Saint-Point-le-Lac. Il doit être réveillé, n'est-ce pas toujours lui qui se lève en premier ? Il s'inquiète, la cherche, l'appelle... Vite, son portable.

Alma se redresse et fouille fébrilement la paille. Ni portable, ni montre, ni sac. Comment a-t-elle pu imaginer un seul instant qu'on les lui avait laissés.

Respire.

Elle retombe sur le dos et, de la pointe de ses orteils à la racine de ses cheveux, elle s'y oblige : trois fois. Et tandis que l'air emplit ses poumons, un mot fait son chemin en elle : « droguée ».

Bien sûr ! C'est ça, sa bouche pâteuse, son écœurement, ce brouillard dans sa tête. Mais oui, on l'a droguée avant de l'amener ici et de la jeter dans la paille comme un animal.

Qui ? Pourquoi ?

Ses forces lui revenant, elle parvient à s'asseoir, regarde autour d'elle. Il y a les trois murs de son abri – un abri, pas une geôle. Plus loin, un tas de foin, une fourche plantée dedans. Et là-bas, ce long récipient de bois : une mangeoire ? Cet autre, un abreuvoir ?

Nul doute, elle se trouve dans une étable : la stalle d'une vache ? Un porc ? Une étable abandonnée comme en témoignent les trous dans la verrière, ces vieux pneus, ces cageots, ce tas de ferraille.

Et, pour parfaire le tout, un épais grillage qui, si elle parvenait à se libérer de sa chaîne, l'empêcherait de s'évader.

Avec le jour qui se lève, la mémoire lui revient. Hier, oui, hier, jeudi, veille de vendredi saint, elle avait une réunion au Centre médicosocial où elle s'occupe d'enfants en difficulté.

Elle se revoit dans la grande salle avec ses collègues. Elle entend le brouhaha joyeux. A-t-elle pris la parole ? Un autre prénom la traverse comme une lame : Tristan, son petit. Et puis la réunion est terminée, l'heure est venue de rentrer chez elle, retrouver Mathis. Sa voiture est au parking, Alix l'y accompagne.

Puis plus rien.

Et enfin ses larmes se libèrent, un cri jaillit de sa poitrine : « Mathis, sauve-moi. »

– 2 –

L'aube point quand Mathis se réveille. Il lui semble venir seulement de s'endormir. Alma ! Le nom de sa femme lui saute au cœur, sa main va à l'oreiller voisin du sien. Oreiller vide : elle n'est pas rentrée.

« Oreiller vide ?, plaisanterait-elle, parce que, selon toi, à part la mousse ou les plumes, un oreiller peut être plein ?

– Mais bien sûr, répondrait-il : de bisous, de caresses, de tendresse, de promesses. »

Elle le traiterait de « fleur bleue » et ils riraient ensemble. C'est ça, la vie avec Alma : de la bonne humeur.

7 h 30 à sa montre. Il farfouille dans les plis de la couette à la recherche de son portable. Le voilà ! Il s'empresse de l'activer, appuie sur le numéro d'Alma : rien, nada, ni appel ni message. Il retombe sur son oreiller, réfléchit.

Hier soir, Alma avait sa réunion hebdomadaire avec ses collègues du CMS : Centre médicosocial de Malbuisson, treize kilomètres, tout près. Elle lui avait promis d'être de retour pour dîner. Un dîner dont il s'était chargé avec plaisir : des lentilles à la saucisse de Morteau. À 20 h 30, Alma toujours pas revenue, il l'avait appelée : sur répondeur. Il avait laissé un message : « T'es où ? » Sans réponse, à 21 heures, il s'était résigné à dîner seul. Il aurait bien tenté de joindre le Centre mais s'était abstenu de crainte des reproches. Sa femme détestait qu'on lui « colle aux basques » : sa formule. La faute à une grand-mère qui, dans la ferme familiale, était traitée comme une esclave par son mari. Tout juste si, lors des repas, elle ne se tenait pas debout derrière sa chaise afin de prévenir ses moindres désirs, comme cela se faisait autrefois.

Bref, il avait conclu que la réunion s'était prolongée. Et qui sait si elle ne s'était pas terminée autour d'une bonne bouteille, accompagnée de zakouskis à grignoter ? Et pas le genre d'Alma de prendre le volant ne serait-ce qu'après avoir consommé un demi-verre d'alcool. Elle s'était invitée à dormir chez l'une ou l'autre de ses amies. Pas la première fois.

Mathis se lève et ouvre la fenêtre de la chambre, son premier geste du matin, son premier rendez-vous. Tout près, entouré de la masse sombre des pins, le lac de Saint-Point émerge de son couffin de brume. Un paysage beau et farouche, le sien, dans le haut Doubs. Auquel certains, comme les parents de sa femme, ont préféré le bleu-bleu du Midi, plus précisément de la haute Provence.

Il referme la fenêtre et passe à la cuisine où il s'offre, en direct, un grand verre d'eau du robinet. Eau-météo : frisquette. Rien d'étonnant pour un mois d'avril, altitude 850 mètres.

Les lentilles à la morteau sont toujours dans la cocotte. Hier, il avait laissé le couvert d'Alma sur la table au cas où elle rentrerait avec une petite faim. Et un mot doux sur son verre : « Bon appétit, mon cœur. » Alors qu'il s'apprête à le froisser, il retient son geste et le fourre dans sa poche, c'est ça les amoureux transis : à tout vouloir conserver au cas où.

Où quoi ?

Tandis que le café chauffe, Mathis récapitule le programme de ce vendredi saint, veille de Pâques. Jour calme à la mairie où il travaille en tant que premier adjoint, en charge de la culture, loisirs et animations diverses : il adore. Louis Lebel, le maire, s'étant octroyé un super pont pour rendre visite à ses parents à Besançon, il s'est engagé à le remplacer. Son seul impératif : aller chercher à Malbuisson la cargaison d'œufs en chocolat que les cloches de l'église déverseront dimanche dans le petit jardin public. Conviés en priorité les gamins de familles défavorisées, nombreuses dans la région.

Si Saint-Point regorge de bons fromages, dont le fameux mont-d'or, succulent vacherin, ainsi que d'excellents vins pour les accompagner, rayon pâtisserie, c'est loin d'être ça. Aussi Mathis a-t-il commandé ses œufs de Pâques à Malbuisson. Alma l'a chargé d'en prendre quelques-uns pour les enfants dont elle s'occupe.

Il s'est souvent demandé d'où lui venait cette passion pour les jeunes éclopés de la vie. « Quoi de plus beau, que d'aider un enfant à s'envoler » ? lui fait-elle remarquer, tout en lui rappelant que certaines mères, plutôt que de donner la vie à leur petit, leur donnent parfois la nuit. « Ses petits », comme elle les appelle, sont leur seul sujet de discorde. Depuis trois ans qu'ils sont mariés, Mathis rêve qu'elle lui en donne un. « J'ai déjà assez à faire avec les miens, au Centre », rétorque-t-elle.

Et les siens ? Ceux qu'il désire tant.

Le jour où elle se décidera, le leur sera, espère-t-il, un oiseau de haut vol.

Il trempe sa tartine beurrée dans son café au lait, consulte sa montre pour la millième fois. À 8 heures, qu'elle râle ou non, il l'appellera.

– 3 –

Alma s'est-elle assoupie ? L'aboiement d'un chien, le bruit sourd d'un porche que l'on referme, la ramènent brutalement à la réalité. Quelqu'un vient d'entrer dans l'étable.

Vite, elle se redresse : quelle heure ? La lumière qui tombe à flots de la verrière indique les environs de midi. Son cœur bat à tout rompre : ce moment où son ravisseur se montrerait à elle, elle l'a attendu, espéré, redouté.

Et pourquoi pas une « ravisseuse » ? Elle préférerait pas. Nul n'ignore que lorsqu'elles s'y mettent, côté cruauté, les femmes en remontrent aux hommes ; plus subtiles dans la perversité.

Le pas se rapproche. Assise bien droite dans la stalle, Alma bande son énergie : homme ou femme, elle est prête. Cette rencontre, elle s'y est préparée : ni cris, ni pleurs, ni supplications. Elle se contentera d'écouter afin de comprendre la raison de sa présence dans cette étable. Et comprendre ne fait-il pas partie de son métier ? Elle y mettra toute la patience nécessaire.

N'empêche qu'au moment où l'inconnu apparaît, elle ne peut retenir un frisson.

C'est un homme, indéniablement. Il porte un sweat à capuche rabattue sur son visage, un jean, des baskets. Il est grand, mince, presque maigre. Ses épaules sont courbées. Pourquoi l'image d'un jeune arbre bousculé par le vent lui vient-elle ? En tout cas, rien à voir avec la brute qu'elle avait imaginée. Son âge ? Dans les 20 ans.

Parvenu à la stalle, il laisse tomber à ses pieds un gros sac fermé par une cordelette. Puis, sans un mot, sans un regard pour elle, il fait coulisser le grillage à l'aide d'une manette qu'elle n'avait pas remarquée. Et par l'ouverture ainsi pratiquée, il vide le sac de ses objets : une serviette-éponge, un rouleau de papier-toilette, une boîte pique-nique, une bouteille d'eau, une grande. Oh, mon Dieu, de l'eau !

Et la soif d'Alma est si forte, cette eau, elle en a tant rêvé, que prenant appui au mur de son abri, elle parvient à se lever et, accompagnée du cliquetis de sa chaîne, titube jusqu'à la bouteille, s'en empare, dévisse le bouchon et boit, boit, boit encore. Et tant pis si l'eau ruisselle de ses lèvres, mouille son cou, s'infiltre sous son pull, c'est trop, trop bon, trop tout : la vie ! Et lorsqu'elle a fini, elle lève les yeux sur celui qui l'a enlevée, droguée, enchaînée, jetée comme un animal dans la paille et un mot impensable, inexcusable, jaillit de ses lèvres : « Merci ».

Un instant, le temps est comme suspendu. Puis, lentement, l'inconnu lève son visage vers elle et Alma découvre ses yeux, des yeux verts, teintés de brun, qui semblent l'interroger. Alors, au diable ses bonnes résolutions, de toutes ses forces, elle crie : « Pourquoi ? »

L'inconnu a sursauté. Mais, plutôt que de répondre, il se hâte de récupérer son sac, se bat avec la cordelette prise dans le grillage, parvient à la dégager, se redresse.

Ses mains… Alma ne peut plus en détacher son regard, de longues mains blanches aux doigts fins, aux ongles soignés. En aucun cas celles d'un paysan ou d'un travailleur de la terre. Et voilà qu'il parle, lui parle, enfin.

– Pour que tu expies, toi et les autres.

La voix est jeune, sourde, révoltée. Et pourquoi ce « tu » ? Se seraient-ils déjà rencontrés ?

– Expier quoi, dis-moi ? Et qui sont ces autres ? s'insurge-t-elle, lui renvoyant son tutoiement.

Mais il jette son sac sur son épaule, passe de l'autre côté du grillage, le referme sur lui, s'apprête à la quitter, à l'abandonner. Et elle ne veut pas, pas si vite, pas comme ça. Alors elle s'approche aussi près que sa chaîne le lui permet et elle prie, elle supplie :

– Réponds-moi.

– Pour le mal qui a été fait ici.

Puis il lui tourne le dos, s'éloigne, disparaît.

Alma a compris.

– 4 –

À 8 heures pile, Mathis a appelé Alma. Il avait beau s'en défendre, il était inquiet.

« Coucou, laissez-moi un message, je vous rappellerai. » Le refrain habituel. Il n'a pas laissé de message, il l'avait fait la veille.

Sans hésiter, le cœur serré, il a poussé la porte du sacro-saint bureau de sa femme. Un grand mot pour le cagibi, servant autrefois de fourre-tout, qu'elle s'était adjugé et où elle seule avait le droit d'entrer. Il n'était pas fermé à clé : entre eux, la confiance n'était pas un vain mot.

Fouillant dans ses papiers à la recherche des coordonnées de l'une ou l'autre de ses collègues du CMS, il en a très vite trouvé la liste complète dans un dossier. Son choix s'est porté sur Alix Ménard qu'il connaissait un peu : même âge qu'Alma, mariée, mère de deux enfants. Sans se soucier de l'heure, il a formé son numéro.

Elle a décroché immédiatement. Il s'est présenté et s'est excusé de l'appeler si tôt.

– Alma n'est pas rentrée hier, lui a-t-il expliqué. Je suppose qu'elle a dormi à Malbuisson. J'aimerais savoir chez qui.

– Mais non, elle n'a pas dormi ici ! s'est exclamée Alix Ménard. La réunion terminée, je l'ai moi-même raccompagnée à sa voiture.

– Il était quelle heure ? a demandé Mathis, la bouche sèche.

– Aux environs de 19 h 30, me semble-t-il. Mais que se passe-t-il, Mathis ? Je ne comprends pas.

– À la vérité, moi non plus. Tout ce que je sais, c'est qu'Alma n'est pas là et qu'en plus elle est injoignable sur son portable.

À l'autre bout du fil, un lourd silence est tombé.

– Puis-je en parler à Bertrand, mon mari ? Il est tout près, a demandé Alix d'une voix altérée.

– Bien sûr, allez-y.

En attendant qu'elle revienne, le regard de Mathis a fait le tour des photos affichées sur les murs de son « cagibi » : plusieurs des enfants dont elle s'occupait au Centre, une de son frère cadet, Constantin, mort à 13 ans. De quoi ? Comment ? Sujet tabou dans la famille. Une d'elle à Cavaillon, entre ses parents. Et celle qu'il préférait : Alma et lui devant le lac de Saint-Point, au soleil couchant. Il entoure ses épaules de son bras, elle lui sourit. Comme elle est belle, comme ils étaient heureux ! Oh vite, mon cœur, reviens.

La voix d'Alix l'a fait sursauter.

– Pardon de vous avoir fait attendre, Mathis. Bertrand n'y comprend rien non plus. Il suggère que vous appeliez les gendarmes pour savoir si un accident ne se serait pas produit sur la route Malbuisson-Saint-Point. Comme vous le savez, elle n'est pas en très bon état et, la nuit, la circulation y est nulle.

Un accident ? Alma bloquée dans sa voiture ? Blessée ? Pire ?

– Merci, Alix, j'appelle tout de suite. Et merci aussi à votre mari.

Mais alors qu'il s'apprêtait à raccrocher, cette dernière l'a arrêté.

– Attendez ! Je viens de me souvenir de quelque chose. Alma avait rendez-vous ce matin au Centre avec le petit Tristan. Elle a dû vous en parler, elle y est très attachée.

Tristan ? En effet, Alma lui en avait souvent parlé. Il figurait même parmi les photos qu'il venait de regarder : un visage rond sous une forêt de boucles brunes, des yeux clairs.

– Et à quelle heure, ce rendez-vous ? a-t-il demandé machinalement.

– À 10 heures.

Dans très exactement une heure trois quarts. Alma qui n'était jamais en retard.

– Et cela change quoi ?

– Rien, Mathis, pardonnez-moi, je ne sais pas pourquoi je vous raconte ça. Sa voix s'est cassée : Savez-vous comment on nous appelle, Alma et moi au Centre ? Les « deux A », les « deux As ». Alors, s'il vous plaît, ramenez-la-nous vite.

Pleurait-elle ?

Elle a raccroché.

– 5 –

8 h 20. Plutôt que d'appeler la gendarmerie, Mathis a décidé de s'y rendre. Il connaît plusieurs membres de la brigade, ayant eu à faire à eux dans le cadre de son travail. Et l'adjudant Germain Buisson est un ami.

Il s'est habillé rapidement : jean, pull, blouson, baskets. Il a fermé la maison, coiffé son casque et enfourché sa moto. À peine s'il a pensé à son boulot à la mairie. Il y a des priorités.

Le bourg Les Hôpitaux-Neufs, où se trouve le poste, n'est qu'à une quinzaine de kilomètres. La route de Lausanne qui mène est saturée : vendredi saint, veille de week-end de Pâques. Dans les voitures à touche-touche, des familles se régalent d'avance de quatre jours de congé au parfum d'œufs en chocolat : les veinards !

Lorsqu'il est arrivé à la gendarmerie, une vingtaine de minutes plus tard, Buisson était là, partageant un café avec ses hommes. Mathis s'est contenté de dire : « J'ai besoin de toi » et son ami l'a entraîné dans son bureau, raflant au passage un gobelet de café pour lui.

Mathis a retiré son blouson et l'a suspendu avec son casque au dossier d'une chaise. Puis il s'est assis en face de son ami qui a fait glisser le gobelet devant lui.

– Alors, camarade, qu'est-ce qui t'arrive ?

Au mot « camarade », sa gorge s'est nouée.

– Un gros souci : ma femme a disparu, a-t-il annoncé sans fioriture.

Il a raconté à Buisson la réunion de la veille au Centre médicosocial de Malbuisson. La promesse d'Alma d'être là pour dîner, sa vaine attente et ses appels sans réponses sur son portable. Puis, ce matin, son coup de fil à l'une de ses amies, Alix, et l'affirmation de celle-ci d'avoir accompagné Alma à sa voiture vers 19 h 30, la réunion terminée. Enfin, la suggestion de Bertrand, son mari : un accident sur la route du retour.

– J'ai peur, a conclu sourdement Mathis. Très.

– Ça t'étonne ? Tu voudrais peut-être danser ?

L'humour balourd de l'adjudant. N'empêche, ça faisait du bien.

– Dis-moi, la voiture de ta femme, c'est une Peugeot n'est-ce pas ?

– Une 308, bleu vertigo.

« Vertigo » : le nom d'un film de Hitchcock. « Une voiture faite pour moi », s'amusait Alma.

Buisson s'est levé. Il a ouvert la porte de son bureau, fait signe à Arlette – 25 ans, une nouvelle recrue – et à Vincent, lui, aguerri, de les rejoindre. Tous deux ont salué Mathis.

– La femme de notre ami, Alma, semble avoir disparu. Elle a pris hier, à 19 h 30, la route Malbuisson-Saint-Point, on ne l'a pas revue depuis.

Son regard est revenu à Mathis :

– L'immatriculation de sa voiture ?

– Je ne la connais pas par cœur. Je te la maile sitôt rentré à la maison.

– Une Peugeot bleu vertigo, a précisé l'adjudant à son équipe. Départ immédiat.

Ils ont quitté la pièce. Germain a désigné à Mathis son gobelet vide :

– Un autre café ?

– Non, merci.

– Alors, c'est parti pour les choses sérieuses, a-t-il déclaré en reprenant place derrière son bureau et attrapant un bloc et un stylo.

– Parce que, jusque-là, elles ne l'étaient pas ? a tenté de plaisanter Mathis, et c'est tombé complètement à plat.

– Ta femme a-t-elle des ennemis ? Des personnes qui lui en voudraient ? a commencé Buisson.

– Pas à ma connaissance. Et si c'était le cas, elle m'en aurait parlé.

– Des jaloux ?

– Mais de qui, grands dieux ? Nous n'avons aucune fortune, seulement notre maison. Nous y vivons simplement et il n'y a pas plus discrète qu'Alma. Jamais je ne l'ai entendue se vanter.

Buisson a noté quelque chose sur son bloc puis, stylo en suspens, il a réfléchi un moment.

– Et dans son travail ? Imagine le père d'un gamin avec lequel ta femme aurait échoué ?

– Jusque-là ça ne s'est pas produit. Et si tu entendais les parents parler d'elle ! Avec cette ferveur ! s'est insurgé Mathis.

Buisson s'est relevé et il est allé remplir deux gobelets d'eau à la bonbonne après avoir expédié à la poubelle ceux vides de café. Mathis a bu avidement.

– Cette fois, la question qui gêne, a repris l'adjudant avec un faux entrain. Pardonne-moi, mais nous devons envisager toutes les possibilités. Ton Alma pourrait-elle avoir rencontré quelqu'un ?

Là, Mathis a eu un rire sincère.

– Merci pour le « ton. Et trois fois non à ta question. Si, par malheur, cela lui arrivait, je serais le premier averti. Alma est comme ça.

– Alors, un ancien soupirant ?

– Non plus. Comme tu sais, le déclic s'est produit entre nous dès le collège : des gamins. Ça s'est poursuivi au lycée et après, à la fac. Même si nous suivions des études différentes : Alma la psycho, moi, le droit. Bref, nous n'avons jamais cessé de soupirer ensemble. Un « mariage de raison », comme ma femme aime à le dire.

Et là, tous les deux ont ri.

Germain a promis à Mathis de mettre toute sa brigade sur le coup. Dès qu'il aurait du nouveau, il l'appellerait. Si, de son côté, Mathis se souvenait de quoi que ce soit, même un détail, pouvant faire avancer l'enquête, il devrait lui en faire part.

Serrant la main de son ami, l'entretien terminé, Mathis avait l'impression d'être dans un de ces feuilletons policiers qu'Alma et lui suivaient régulièrement à la télé.

Elle adorait.

– 6 –

« Pour le mal qui a été fait ici. »

Les paroles de son ravisseur, juste avant qu'il ne s'en aille, avaient éclairé Alma. Bien sûr, un défenseur de la cause animale. Le lieu où il la détenait, cette étable, en était la preuve. Dans cette stalle, des vaches ou d'autres animaux avaient très probablement été élevés en batterie, privés de lumière, maltraités, avant de subir une mort épouvantable comme on le montrait à la télévision – âmes sensibles s'abstenir.

Régulièrement, des groupes d'« agités » – comme certains les appelaient – sévissaient dans la région. Une région trop souvent d'élevage intensif, notamment pour la volaille. Les plus extrêmes, ceux qui proclamaient préférer l'animal à l'homme, n'avaient pas hésité à mettre le feu aux habitations de riches éleveurs, et tant pis si c'était de nuit et que la famille s'y trouvait. À Besançon, plusieurs boucheries avaient été vandalisées et un boucher, qui tentait de s'y opposer, lynché.

Mais pourquoi moi ?

Alma n'était-elle pas la première à s'indigner des mauvais traitements infligés aux « bêtes », comme on les appelait avant de découvrir qu'elles ne l'étaient pas et méritaient d'être respectées comme tout être vivant ? Ne les avait-elle pas toujours défendues ? À moins que l'on ne remonte à son grand-père, propriétaire d'une « usine à volailles » et dont la ferme avait été vendue depuis belle lurette.

Assise sur son duvet, le regard sur la verrière, Alma tente de réfléchir. Qui est-il ?

Ce matin, après son départ, elle a fait le tour de ce qu'il lui avait apporté : la bouteille d'eau, une serviette de toilette, à l'intérieur de laquelle elle avait trouvé un gant et un savon. Un rouleau de papier WC dont la seule vue l'avait humiliée davantage. Jusque-là, n'avait-elle pas réussi à se retenir d'utiliser le seau en plastique bleu découvert dans l'étable ? Mais pour combien de temps ?

Dans l'espoir de reprendre des forces, elle s'est obligée à grignoter les aliments trouvés dans la boîte pique-nique : du pain, un morceau de fromage et une pomme. Et bu, pas trop, attention ! N'a-t-elle pas déjà vidé la moitié de la bouteille ?

Vaguement requinquée, elle est partie en repérage, commençant par le grillage dans l'espoir de trouver la manette dont il s'était servi pour l'ouvrir. Mais sa chaîne n'était pas suffisamment longue pour lui permettre de l'atteindre. Une chaîne solide, qui pèse sans la blesser, et lui permet de passer de l'obscurité des trois murs à la lumière de la verrière. Trois murs couverts qui la protégeront si, par malheur, la pluie vient à tomber ou si le vent souffle trop fort.

Un coup savamment calculé, laissant entrevoir un peu d'humanité chez celui qui l'a enlevée.

Mais alors qui ? QUI ?

Quand elle pense à lui, ce sont ses mains qu'elle revoit : le seul morceau de peau qu'il a daigné lui montrer. Il arrive que des mains vous en apprennent davantage qu'un visage. Les siennes étaient fines, soignées. Elles ne pouvaient appartenir à quelqu'un de brutal, certainement pas à un « enragé », capable d'incendier, de nuit, une habitation, au risque de brûler vifs des enfants.

Alma s'est également souvenue du sursaut de son ravisseur, de cette sorte de fragilité qu'elle a perçue en lui après le « merci » qui lui avait échappé, une fois désaltérée.

À moins que tout cela, elle ne l'invente.

N'importe quoi pour se rassurer ?

– 7 –

Depuis quelque temps, là-haut, la lumière faiblit, les bruits se font plus discrets. Combien de fois Alma a-t-elle machinalement regardé son poignet, éprouvant à chacune le même choc, la même frustration : pas de montre, plus de montre.

Elle n'a pu s'empêcher de la chercher autour d'elle, éparpillant la paille, tapotant ici ou là, tout en sachant qu'elle n'avait aucune chance de l'y trouver. Pas plus que son portable.

Une consolation : elle a mis la main sur un bout de pierraille qui lui a permis de tracer sur l'un des murs de son abri une croix appelée « vendredi » : son premier jour de captivité.

Car pas question de se laisser voler la notion du temps, essentielle au prisonnier ! Oui, aujourd'hui : vendredi saint, veille du week-end de Pâques, où, avec Mathis, elle devait procéder à une distribution d'œufs en chocolat aux enfants du village.

Oh, Mathis !

Lorsqu'elle pense à lui, c'est toujours le même choc : soulagement, douleur. « Où es-tu, mon amour ? » « Bien sûr, tu penses à moi. » « Comme tu dois souffrir. »

Il a forcément averti Germain Buisson, son ami, à la gendarmerie. Et aussi le Centre. À moins que ce ne soit Alix qui, ce matin, constatant son absence, ait appelé chez eux ?

Alix.

Elle revoit son amie la veille, la raccompagnant à sa voiture après la réunion. Elles s'embrassent. « À demain », dit Alix.

Demain ?

TRISTAN.

Le prénom lui saute au cœur. Comment a-t-elle pu l'oublier ? « Son » Tristan.

Et d'un coup, les souvenirs affluent à sa mémoire, comme s'il venait de s'y rouvrir un pan important de sa vie.

Elle revoit ce matin brumeux d'hiver où Nadine, la mère de l'enfant, s'était présentée au Centre et l'avait suppliée de s'en occuper. D'une voix pleine de larmes, elle lui avait raconté comment son fils, 6 ans, gai, doué, le premier de sa classe, avait brusquement décroché, ne faisant plus rien, ni à l'école ni à la maison, promenant partout un visage fermé. Et quand elle tentait de l'interroger : silence de mort.

Bien sûr, Alma avait accepté de le prendre en charge.

Elle n'oubliera jamais leur première séance, dans la grande salle de jeu aux murs placardés de dessins d'enfants, tels des SOS. Assis sur le sol, genoux repliés sous son menton : un buisson de boucles brunes et des yeux bleus, si bleus, qui la regardaient avec défi, tout en exprimant un désespoir sans fond.

Alors qu'elle n'avait qu'une envie, le prendre contre elle et le réconforter, elle s'était approchée sans hâte, s'était assise à ses côtés et tranquillement avait sorti un à un les jouets du grand panier pour les poser devant lui en les nommant.

« Tiens, un ballon. » « Tiens, des cubes. » « Tiens, un jeu de cartes. » Cela avait duré presque toute la séance avant que Tristan ne réagisse enfin. « Tiens, un camion »… qu'il le lui arrache et le projette contre un meuble de toutes ses forces en criant : « Mort, le camion. »

Le père de Tristan est conducteur de poids lourds.

Lorsque ce matin, à 10 heures, Nadine s'est présentée au Centre avec son fils comment leur a-t-on expliqué l'absence d'Alma ?

Elle espère qu'on ne leur a pas menti : les enfants le sentent. Si dure que soit la vérité, il est préférable de la leur dire, avec, bien sûr, toutes les précautions nécessaires.

Le pire serait que Tristan ne croie qu'Alma l'a abandonné ; elle ne peut supporter cette idée.

Alors, elle prend une décision.

Pour Mathis, pour Tristan, pour Constantin, son petit frère perdu, elle se battra sans relâche, jusqu'à ce que celui qui la retient prisonnière la libère.

Elle a une idée. Une idée folle, mais qui sait ?

– 8 –

Aussitôt de retour à Saint-Point, Mathis a, comme promis, envoyé à Buisson le numéro d'immatriculation de la voiture d'Alma, trouvé sans difficulté dans un dossier « Assurances », sur le bureau de son sacro-saint cagibi.

Avant de quitter celui-ci, il a regardé à nouveau les photos, s'attardant sur celle où Alma pose, adolescente, avec ses parents et son frère cadet, Constantin, devant la belle demeure du maraîcher.

Constantin... mort à 11 ans.

En assurant à Buisson que sa femme ne lui cachait rien, Mathis a légèrement triché : de ce frère décédé, il ignore presque tout : sujet tabou. Un suicide ?

Cette mort avait totalement chamboulé la vie des parents d'Alma. Hélène, sa mère, n'a plus cessé de porter le deuil de son fils tandis que Benoît, son père, quitta brusquement la ferme familiale pour descendre dans le Midi. Abandonnant la culture du fameux « vin jaune » – vin vieilli en fût durant six ans et pouvant se consommer durant cent ans – pour celle du melon, de la pastèque et du pois nain à Cavaillon.

Un sacré caractère, Benoît Vignon ! Les rares fois où Mathis l'avait vu sourire, ou plutôt rire, d'un rire carnassier, c'était au retour de la chasse – sa passion – en brandissant une proie : bécasse, perdrix ou faisan. En Provence, ce devait être plutôt : lièvre, lapin de garenne ou belette. Moins excitant ?

Une chance que Mathis n'ait pas déplu au chasseur, sinon il n'osait imaginer les dégâts. Au minimum une brouille « armée », qui aurait désolé Alma, fan de son père malgré son sale caractère. Et réciproquement.

Remettant la photo en place, il s'est interrogé : devait-il avertir les parents d'Alma de sa disparition ? Mon Dieu, quel coup terrible après celle de son frère. Il a finalement décidé d'attendre. Après tout, lui-même ne l'avait découverte que depuis une poignée d'heures. Et Buisson lui avait recommandé d'être discret, on verrait ce soir.

Si sa visite à l'adjudant et l'amitié qu'il lui avait manifestée avaient réconforté Mathis, elles avaient également accru son inquiétude tant ce dernier s'était montré préoccupé par la situation. Et cet interminable interrogatoire ! La seule chose qui l'avait fait sourire : que Buisson ait pu une seule seconde soupçonner Alma d'infidélité. Si un jour, qu'à Dieu ne plaise, elle rencontrait quelqu'un, le premier averti serait lui : une franchise absolue : l'une des qualités qu'il appréciait le plus chez « son » Alma.

Allez, assez cogité ! Il était temps pour le premier adjoint à l'hôtel de ville d'aller vérifier que tout s'y passait bien. Le « patron », Louis Lebel, lui en ayant confié les manettes pour le week-end.

Colette, la secrétaire, l'a accueilli avec un grand sourire : pas le genre à lui poser des questions sur son retard. Il y avait peu de courrier et rien qui ne puisse se régler la semaine prochaine : un couple était passé pour la publication des bans de son mariage. Une femme était venue se plaindre du bruit causé par ses voisins... Colette a rappelé à Mathis que demain, samedi, il aurait une coupe à remettre au lauréat d'une course cycliste locale et, bien sûr, dimanche, ce serait la distribution des œufs de Pâques, commandés à la boulangerie-pâtisserie de Malbuisson.

Se souvenant qu'Alma l'avait chargé de lui en prendre quelques-uns pour ses « petits », Mathis a décidé d'aller les chercher tout de suite. Une façon de penser à elle positivement. Après s'être assuré que la commande était bien prête, il a donné congé à Colette. Il prendrait le relais cet après-midi à la mairie. Et il a réenfourché sa moto.

Et le voilà, roulant à dix à l'heure sur la route empruntée la veille par sa femme, fouillant les bords des yeux, à la recherche d'une tache bleu vertigo, tout en sachant très bien que les hommes de Buisson avaient déjà fait le boulot et que s'ils avaient trouvé quoi que ce soit, son ami l'en aurait informé.

Parvenu au village, il s'est arrêté un moment sur le modeste parking du CMS. Quelques voitures y étaient garées, il a imaginé Alix raccompagnant Alma jusqu'à la sienne, les deux femmes s'embrassant, Alma démarrant... Oui, Alix pleurait ce matin en lui parlant des « deux A », des « deux As ». Dès qu'il aurait des nouvelles, elle serait la première avertie.

Dans la boulangerie-pâtisserie « Au Régal », le chocolat était à l'honneur : œufs, cloches, cœurs. Et aussi des animaux : poules, canards, lapins. Midi trente. On ne pouvait pas dire qu'il avait bien choisi son heure : la queue s'allongeait jusque dans la rue. Mais ça ne le gênait pas, au contraire. La plupart de ces femmes connaissaient forcément le Centre. Qui sait si certaines n'avaient pas confié leur enfant à Alma ? « Si vous les entendiez parler d'elle, avec cette ferveur », avait-il dit à Buisson. Il n'exagérait pas.

Un petit garçon a tendu le doigt vers un lapin en chocolat blanc. « Moi, je veux pas un albinos », a-t-il crié, et tout le monde a ri. Alma aurait apprécié. Il faudrait qu'il le lui raconte.

Son tour venu, il n'a pu s'empêcher de prononcer son nom.

– En plus de la commande pour l'hôtel de ville de Saint-Point, ma femme, Alma Delorme, m'a chargé de prendre quelques œufs pour les enfants du Centre.

Il n'a pas inventé les visages soudain éclairés, les sourires. Et quand, pour terminer, il a demandé pour elle un cœur en chocolat, quelques applaudissements ont retenti.

De retour à l'hôtel de ville, après avoir mis ses emplettes au frais, il a pioché dans le réfrigérateur de la cantine une salade composée et un Coca. Remarquant une bouteille de champagne – gardée là en cas d'événement inattendu –, il s'est promis de l'ouvrir le jour où Alma reviendrait et ça l'a un peu réconforté.

– 9 –

À 15 h 30, Louis Lebel a appelé Mathis pour savoir si tout se passait bien à la mairie. À Besançon, le temps était radieux. Et à Saint-Point ?

– À Saint-Point, idem, a répondu Mathis. Pas de souci. Tout roule.

Aucune envie de mettre le maire au courant de ce qui lui arrivait. Il l'apprendrait bien assez tôt.

À 17 heures, c'est Buisson qui l'a joint : la Peugeot d'Alma avait été retrouvée vide, clés sur le contact, dans un chemin de terre en lisière de forêt, non loin de la route prise par elle la veille. Les services scientifiques de la gendarmerie travaillaient dessus. À première vue, ils n'avaient trouvé aucune trace de lutte, aucun dégât dans le véhicule. Dès que Buisson aurait les résultats définitifs, il le rappellerait.

À 20 heures, son téléphone fixe a sonné : Alix. Elle pleurait. Qui avait mis sur Facebook les images effroyables, dégradantes, d'Alma dans la paille d'une étable, cheveux dans les yeux, rampant comme un animal ? « Mathis, je vous en supplie, dites-moi que ce n'est pas vrai, juste une abominable plaisanterie. »

Il s'est précipité sur son portable.

Dans une semi-obscurité, Alma recroquevillée, en boule dans la paille.

Alma, tâtonnant autour d'elle, semblant chercher quelque chose, retombant, vaincue.

Le jour se lève, Alma rampant dans la paille, progressant centimètre par centimètre, tentant en vain de se redresser.

Alma, le visage renversé en arrière, suppliant, éclairé par un rai de lumière. Elle pleure.

Le noir.

Terminé.

– 10 –

NON !

Mathis l'a crié. Il abandonne son portable, traverse le salon en courant, pénètre dans la salle de bains, se penche sur la cuvette des WC et vomit. NON, NON, pas son Alma, pas sa femme.

Il tire la chasse et, chancelant, va au lavabo où il asperge son visage. L'eau se mêle à ses larmes, à la morve qui coule de son nez. Il voudrait disparaître avec elle dans la bonde, noyer cette horreur, se noyer.

Combien de temps lui faut-il pour se reprendre, sécher son visage, regagner le salon, récupérer son appareil, revenir sur le canapé, redresser la tête, se redresser ?

Il commence par se repasser la vidéo, cette fois sur son ordinateur, en gros plan. Au cou d'Alma, on distingue la chaînette qui ne la quitte jamais : offerte à elle par sa mère pour ses 7 ans. Alma qui semble avoir du mal à ouvrir les yeux : droguée ? Le cœur en vrille, les tempes battantes, Mathis revoit pour la seconde fois le calvaire de celle qu'il aime plus que tout au monde : une minute, l'éternité.

Et maintenant ?

Appeler Buisson.

Le trouvant sur répondeur, à nouveau il crie et, en un geste de révolte, balance son portable au loin. Avant de s'engueuler : agis, bon Dieu, fais quelque chose, n'importe quoi, mais agis.

Il ramasse son portable et, d'une voix qu'il s'efforce de rendre audible, il demande à son ami de le rappeler toutes affaires cessantes, c'est grave, c'est vital, à n'importe quelle heure de la nuit, vite, vite.

Plus il forme le numéro d'Alix qui décroche aussitôt. Elle semble s'être un peu reprise : « Alors, Mathis, vous avez vu ? » Oui, il a vu : l'indicible, l'inexprimable. Il lui apprend qu'il a laissé un message sur le portable de l'adjudant-chef de la gendarmerie : un homme sûr en plus d'un ami. On peut lui faire confiance pour mobiliser tous les moyens nécessaires afin de résoudre le problème, mener l'affaire à bien. Des mots, des mots qui sentent la triche, le volontaire aveuglement, que l'on prononce trop fort pour ne pas entendre sonner le glas du bonheur. « Merci, Alix, je vous rappelle dès que j'ai du nouveau, promis… »

Après avoir raccroché, Mathis est resté un moment immobile, la tête appuyée au dossier du canapé, les yeux fermés, s'exhortant au calme, s'interdisant de pleurer, rassemblant ses forces.

Puis il a ouvert la boîte vocale de son portable : saturée.

Le meilleur : son père l'appelant de Strasbourg, voix posée, réconfortante : « Ta mère et moi venons de découvrir la vidéo. Nous sommes avec toi, mon fils. Veux-tu que nous venions à Saint-Point ? Si ça peut t'aider, n'hésite pas à m'appeler. »

Puis Louis Lebel, le « patron » : « Mon petit Mathis, sachez que vous pouvez compter sur moi. Je serai à la mairie demain, première heure, à votre disposition. » Et aussi des amis, des connaissances, un vieux camarade dont il était sans nouvelles depuis des lustres, tous désolés, confondus, furieux, indignés.

Le pire : des likes par centaines, des commentaires à hurler de rage. « Pas mal, le décor, mais manquant un peu de verdure. »… « Moi, la fille, j'en aurais choisi une plus fraîche. »… « C'est un jeu ? Un concours ? Faut faire quoi pour s'inscrire ?… » « À quand le prochain épisode ? » Pour les plus soft.

Il était 20 h 30 quand Buisson l'a rappelé. Après s'être passé plusieurs fois le film, Mathis s'était douché et changé. Assoiffé, il avait bu toute une bouteille d'eau. Dîner ? Quelle idée.

Alerté par ses hommes, l'adjudant venait de visionner la vidéo. Avant tout, Mathis devait savoir qu'il était là, à ses côtés et qu'il s'y tiendrait jusqu'à ce que l'ordure qui détenait Alma soit coffrée, l'affaire résolue. Il procéderait comme s'il s'agissait de sa propre femme. Il analyserait chaque brin de paille, chaque centimètre de cette foutue étable. Il l'attendait demain, dès 7 heures, à la caserne.

– Courage, camarade. On te la retrouvera, ton Alma.

– 11 –

Assise en tailleur sous la verrière, Alma a vu peu à peu le jour décliner, la nuit tomber. Cette nuit qu'elle redoute tant.

Pour barrer la route à la question qui la taraude, elle s'efforce d'avoir des pensées positives : Mathis, Tristan, son travail, ses amis.

« Il n'est de problème que l'on ne puisse résoudre », l'une des maximes sur lesquelles elle aime à s'appuyer. Mais pour résoudre un problème, la première condition n'est-elle pas de le regarder en face ? Ne pas le fuir ; ce qu'elle a fait jusque-là.

Allez, Alma, vas-y. Cette question ?

« Et s'il ne revenait plus ? »

Si celui qui l'a enlevée et enfermée ici la laissait tomber ? Qu'il l'oubliait, passait à autre chose, la condamnant à une mort certaine, de faim, de soif. Car elle pourrait toujours crier, hurler, qui l'entendrait ? Combien de temps lui faudrait-il pour succomber ?

Et comment se fait-il qu'elle n'y ait pas pensé avant ? Inconsciente ? Ou, comme certains s'en amusent autour d'elle, la proie de son « incurable optimisme ». Ah, elle voudrait bien les y voir, ceux-là. Incurable ou non, sans son optimisme, où en serait-elle ?

Pour se rassurer, elle appelle à l'aide tous les signes positifs que son ravisseur lui a adressés : de l'eau pour étancher sa soif, des aliments pour se nourrir, un duvet pour dormir au chaud. Et aussi ce bref sursaut lorsqu'elle lui a dit « Merci ». Cette sorte de faille qu'il lui a semblé sentir en lui, cette preuve d'humanité ?

Mais peut-être, tout simplement, l'a-t-elle déçu. L'eau justement, sur laquelle elle s'est jetée comme un animal. Son « Merci » qui sonnait comme une capitulation et qu'elle ne cesse de se reprocher depuis. Son « Pourquoi ? » accusateur.

À moins – autre déception – qu'il ne l'ait trouvée laide. Pas difficile d'imaginer le spectacle qu'elle offre avec son visage crasseux, ses cheveux gras dans les yeux, ses vêtements dégoûtants. Sans compter l'odeur. Ne s'écœure-t-elle pas elle-même ? Mais qui, dans ces conditions, parviendrait à conserver ne serait-ce qu'un peu de charme ?

Comble de l'humiliation, elle a dû se résigner à utiliser le seau, incapable de se retenir davantage. Et, son « petit besoin » terminé, un autre problème s'est posé : garder ou non sa culotte souillée ? Elle a fini par la retirer et la remplacer par plusieurs épaisseurs de papier, avant de remettre son pantalon de toile beige dégradé, son plus élégant, choisi la veille pour la réunion.

Oh, Mathis, si tu me voyais !

Où en sont-ils avec Germain ? Ont-ils retrouvé sa voiture ? Appelé Alix ? Lancé un avis de recherche ? Comment pourraient-ils se douter qu'elle se trouve dans une étable abandonnée, retenue par…

Par qui, au juste ? Qui la détient ?

Elle n'a cessé d'y réfléchir. Elle a fait appel à ses études de psycho, elle a revu son regard, ses mains, entendu sa voix, tout passé en revue. Un fou ? Certainement pas, plutôt un « désaxé », quelqu'un qui a perdu son pôle, dont l'équilibre mental est perturbé, qui ne se contrôle plus. Au Centre, elle a eu à faire à des enfants atteints de cette pathologie. La seule façon de les aider ? En trouver la cause et tenter de la leur faire accepter, la leur faire nommer. Un travail de longue haleine.

À propos du Centre… Il arrivait à Mathis de tenter de lui faire comprendre qu'elle y consacrait trop de temps et d'énergie. Mais elle savait bien ce qui, au fond, le tourmentait : totalement accaparée par ses enfants, « ses petits », comme elle les appelait, elle se refusait à lui donner celui qu'il désirait tant. Donner un enfant, donner naissance, donner la vie : la plus belle des preuves d'amour.

C'est aussi pour accéder à son désir qu'elle va se battre. Qu'elle gagnera.

– 12 –

À présent, la nuit est tout à fait tombée. Derrière la verrière poussiéreuse, ces vagues lueurs : des étoiles ?

Pour tenir bon, résister à l'angoisse qui monte, Alma s'est donné un but : quand il reviendra – parce qu'il reviendra –, elle parlera à son ravisseur de sa peur du noir, son épouvante plutôt. Et si elle ne s'est pas trompée, s'il garde en lui un soupçon d'humanité, il lui rendra sa montre.

Mais brusquement, venant dans sa direction, une lumière apparaît, bleutée et comme dansante : lui, enfin ! Vite, elle se lève et se rapproche le plus possible du grillage, tout son corps tendu dans l'attente de le voir, le revoir.

La capuche de son sweat ne cache plus son visage, remplacée par une lampe de spéléologue attachée à son front. C'est d'elle que vient l'étrange lumière. Il pousse devant lui un Caddie apparemment rempli. Parvenu à sa hauteur, évitant de la regarder, il fait coulisser le battant du grillage. Sa hauteur ? Lui, 1,85, 1,90 mètre ? Elle, 1,68 mètre. Dieu qu'elle se sent petite !

– Bonsoir, dit-elle.

Il a comme un sursaut, baisse lentement les yeux vers les siens. Y lit-elle une réponse à son « Bonsoir » ? Elle aimerait tant ! Mais déjà il se détourne et, elle ignore pourquoi, elle se rassoit.

Il tire un à un les objets du Caddie et les pose dans la stalle, s'efforçant de les pousser le plus possible à sa portée. Un pack de bouteilles d'eau, des grandes. Un gros ballot de vêtements : pull, pantalon, t-shirt, chaussettes. Du chaud, du propre, tout ce dont elle a rêvé durant cette interminable journée.

Et soudain, un rire nerveux secoue le ventre d'Alma. N'est-ce pas Noël avant l'heure ? Ne manque au généreux donateur que la robe rouge, le bonnet bordé de blanc et le sapin « roi des forêts ».

La distribution se termine par une nouvelle boîte pique-nique, des couverts en plastique et aussi – oui, elle voit bien – des yaourts aux fruits qui font monter la salive à sa bouche. Le mot « Merci » lui revient, qu'elle s'était pourtant interdit. Le syndrome de Stockholm, l'attachement du prisonnier à celui dont dépend sa vie ?

Le Caddie vidé, le « père Noël » se redresse. Son regard fait le tour des lieux, s'arrête au seau, à la culotte souillée qui y pendouille. Elle a honte, tellement ! Et le voilà qui se plie en quatre, se glisse dans la stalle, va au seau, s'en empare ainsi que de la culotte, fait demi-tour, s'éloigne.

Un instant, il a frôlé l'épaule d'Alma. Elle y appuie sa main : un contact, une chaleur, une promesse ? Ah ah ! Elle n'a même pas été fichue de tenir celle qu'elle s'était faite de lui parler de sa peur du noir, lui demander de lui rendre sa montre…

Il revient déjà, remet le seau à sa place – plus de culotte –, s'apprête à repartir.

– S'il te plaît, écoute-moi. J'ai quelque chose d'important à te dire, supplie Alma.

Sa voix est éraillée, rouillée. Depuis combien de temps ne s'en est-elle pas servie ?

Son interlocuteur s'est figé. Comme il la regarde ! Vite, elle continue.

– Tu sais, j'ai toujours eu très peur du noir. Et encore aujourd'hui. La seule chose qui me rassure, les aiguilles lumineuses de ma montre. La nuit, je n'arrête pas de les regarder, le plus beau cadeau que l'on m'a jamais fait. Et maintenant, je ne l'ai plus.

Les larmes roulent sur ses joues qu'elle ne cherche pas à retenir, elle a trop mal. Les yaourts aux fruits, c'est bien joli, mais bon ! Aussi se contente-t-elle de désigner la verrière, la nuit. C'est tout.

Alors, il détache la lampe de son front, la pose devant elle, referme le grillage et disparaît en poussant son Caddie.

– 13 –

Pile à 7 heures, Mathis a poussé la porte de la gendarmerie. Son ami l'y attendait, seul. Sans un mot, il l'a pris par l'épaule et l'a entraîné dans son bureau. Une odeur de café y flottait. Il a rempli deux gobelets et lui en a tendu un avec un sourire.

– Le numéro combien ?

– J'ai décidé de ne plus compter.

– Moi pareil.

Comme la veille, ils se sont assis l'un en face de l'autre. Hier où ils ignoraient où se trouvait Alma et même si elle était vivante, bien que s'interdisant de poser la question à voix haute.

– Avant tout, tu dois savoir qu'Isabelle est au courant de ce qui t'arrive, a commencé Buisson. Et j'ai l'intention de l'y tenir aussi longtemps que durera l'enquête. Ce n'est pas à toi que j'apprendrai qu'Alma et ma chère épouse se connaissaient bien avant de nous rencontrer. Bref, Isabelle m'a chargé de te dire que si c'était trop dur, si tu te sentais trop seul, la maison t'était ouverte.

« Copines à la vie, à la mort ! » clamait Alma. On y était !

Le regard de Mathis a couru vers la photo de famille posée sur l'étagère de la petite bibliothèque : Buisson, Isabelle et leurs deux enfants, grands aujourd'hui : Aurore et Sébastien, tous deux travaillant à Paris, ce qu'ils regrettaient.

– Tu la remercieras de ma part mais, pour l'instant, ça va, a-t-il assuré.

Il avait fait la même réponse la veille à ses parents lorsque son père lui avait proposé de venir s'installer chez lui à Saint-Point. Non, il ne se sentait pas seul : sa femme était partout, sa voix, ses rires, son parfum. Et même si c'était douloureux, elle l'aidait à tenir debout.

L'adjudant est allé ouvrir la fenêtre. Puis il a sorti d'un des tiroirs de son bureau une pipe et une blague à tabac, gardées là pour les moments difficiles et aussi les grandes occasions. Ça faisait rire Alma, elle le traitait de « Capitaine Haddock », il répondait qu'elle le flattait.

– Et maintenant, camarade, au boulot, a lancé le commandant d'une voix qui se voulait optimiste. Nous savons à présent où se trouve ton Alma : dans une étable. Ou plutôt dans ce qu'il en reste : une étable abandonnée. Nous allons donc diriger nos recherches de ce côté-là.

Il a tiré une bouffée de sa pipe, les yeux à demi fermés. Et comme il expirait, une bonne odeur de pain d'épice, de miel s'est répandue.

– Ne nous leurrons pas, a-t-il repris. Avec tous les fermiers qui, depuis des années, ont mis la clé sur la porte, le travail risque d'être gigantesque. C'est pourquoi j'ai l'intention de demander leur appui aux unités voisines.

Mathis a acquiescé. En effet, un grand nombre de paysans ne parvenaient plus à vivre de leur terre, ni du bétail. Alors que cette terre, à eux depuis des générations, était inscrite dans leurs gènes. On ne comptait plus les suicides : un crève-cœur.

– Parlons maintenant du salopard qui a kidnappé ta femme, a repris Buisson un ton plus haut. La première question que nous devons nous poser est la suivante : l'a-t-il choisie, elle personnellement, pour une raison précise, ou bien a-t-elle été la victime du hasard, roulant de nuit sur une route déserte ?

– Comme il me semble te l'avoir dit hier, Alma n'a pas d'ennemis, s'est rebellé Mathis. Un dangereux cinglé, c'est tout.

– Un cinglé suffisamment organisé pour placer une caméra-espion dans les lieux, lui a fait remarquer Buisson. Ce qui pourrait signifier un acte prémédité.

Mathis s'est figé : un acte prémédité ? Alma visée personnellement ? Son estomac s'est noué.

– Et qu'as-tu l'intention de faire ?

– Déjà, tenter de remonter jusqu'à l'acquéreur de la caméra en visitant les boutiques qui vendent ce genre de matériel. Et en espérant avoir très vite une revendication de ton cinglé.

– Parce que tu crois qu'il va se manifester à nouveau ? s'est exclamé Mathis, entre crainte et espoir.

– Ne me dis pas que tu n'y as pas pensé. Si le salopard s'est donné tout ce mal, ce n'est certainement pas pour en rester là. Et, à ce propos, j'ai ma petite idée.

– Une minute…

Mathis s'est levé. D'un seul coup, il étouffait : trop lourd, trop glauque, trop tout !

Il est allé à la fenêtre et s'y est penché. Le jour était presque levé, les arbres se défaisaient de leur écharpe de brume, comme frissonnant d'impatience dans l'attente des premiers bourgeons. Ces arbres qu'Alma aimait tant : « nos maîtres », affirmait-elle.

Il a pris plusieurs longues inspirations avant de revenir en face de son ami qui avait de nouveau empli leurs gobelets.

– Cette idée ?

– L'œuvre d'un défenseur de la cause animale, genre végan. Dans le but de donner une leçon aux affreux prédateurs que nous sommes. Et, pour tout te dire, ça m'arrangerait. Une direction précise où porter nos recherches : la SPA et autres associations.

– Mais pourquoi avoir choisi Alma ? s'est rebellé Mathis. La cause animale, elle l'a toujours défendue.

– Ce qui n'est pas le cas, si je m'en souviens bien, de son papa chasseur, a constaté Buisson. Une espèce que les végans n'apprécient guère. Même si ça fait longtemps qu'il canarde ailleurs. Ce genre de lascars ont la haine tenace.

– La haine… a répété Mathis avec douleur.

Il a revu Alma rampant dans la paille et, comme chaque fois, il a eu envie de crier.

– Tu sais ce qui me fait le plus mal ? Voir ma femme si forte, si courageuse, dans cet état de dépendance, a-t-il soufflé.

– Et si tu lui laissais le temps de se reprendre ? l'a contré Buisson. Tu sembles oublier que ça ne fait que vingt-quatre heures que le salaud l'a enlevée. Et, crois-moi, je n'aimerais pas être à sa place quand elle aura retrouvé son énergie.

– Que puis-je faire pour t'aider ?

– Pour l'instant, rien. Tu te contentes de vivre normalement. En ouvrant l'œil autour de toi au cas où. Une autre question ?

– Mes parents sont au courant, pas ceux d'Alma. Dois-je les avertir ?

– Très certainement. Avant que d'autres ne s'en chargent, moins charitablement. Et en espérant que le papa chasseur ne viendra pas fiche le bordel dans l'enquête en s'en mêlant.

– OK. En échange, toi, tu ne me caches rien.

Dans la salle de réunion, une porte a claqué. Depuis un moment, on y entendait de l'agitation, des voix, des raclements de chaises.

– Tous là pour toi ! a constaté Buisson en se levant. Ah, une dernière chose : attends-toi à voir les journalistes te tomber dessus. Sans doute dès ce matin. Ton histoire, ils vont adorer. Un seul conseil : tu ignores.

Matis a revu les likes sur Facebook, les partages, les commentaires destructeurs. Eux aussi, il avait décidé de les ignorer.

– Tu peux compter sur moi.

Buisson a vidé sa pipe dans son gobelet qu'il a expédié à la poubelle avant de la remettre, ainsi que sa blague à tabac dans le tiroir de son bureau. Ils ont quitté la pièce.

Presque toute la brigade – sept hommes, trois femmes – était là. Chacun a serré la main de Mathis en le regardant droit dans les yeux. Pas besoin de mots.

Il a attendu d'être dehors pour pleurer.

– 14 –

Debout devant la fenêtre, mâchonnant sa pipe, Buisson regarde Mathis quitter le poste, l'échine courbée, marcher jusqu'à sa moto, coiffer son casque, démarrer.

« Toi, tu ne me caches rien », vient de lui demander son ami. Et il a évité de répondre. Comme s'il était possible de lui envoyer à la figure que chaque année, en France, pratiquement dix mille agriculteurs disparaissent, dont un certain nombre dans le Doubs, victimes d'accords qui les dépassent et d'une Europe incapable de les défendre. Et que, même aidé par d'autres brigades, il faudrait des mois, voire des années, pour visiter toutes les fermes mangées par la ronce et l'oubli. Sans même la certitude de n'avoir pas laissé passer la bonne.

Et pendant ce temps-là, Alma…

Le cœur de l'adjudant se serre. Sa femme, sa tendre Isabelle, a toujours considéré celle-ci comme la petite sœur qui lui avait manqué : une petite sœur pleine de peps, d'ardeur, d'entrain, parfois de joyeuse impertinence. Isabelle, qui l'a surnommée « la belle », lui offrant la moitié de son prénom. Et la voir dans cet état l'a presque autant perturbée que Mathis.

Mathis, lui, la « fleur bleue », comme les deux femmes s'amusent à l'appeler pour sa naïveté, cette sorte de candeur, dues à une enfance protégée entre deux parents poules.

Pauvre « fleur bleue », cette épreuve risque bien de la transformer en épineux.

Toujours est-il qu'Isabelle, infirmière à l'hôpital de Grandvallier à Pontarlier, est partie ce matin à son travail le moral dans les chaussettes.

Et Buisson a caché autre chose à Mathis : dans la voiture d'Alma, sous son siège, les experts scientifiques ont trouvé une montre, le bracelet brisé : sa montre aux aiguilles lumineuses. Et nul n'ignore qu'Alma a la phobie du noir. Son calvaire doit être pire encore. Il a préféré n'en rien dire à son ami.

Bon, bien, au boulot ! Après un regard inquiet vers le ciel bas, trop bas, trop gris, annonçant la neige… Cette neige d'avril mouillée-glacée, le bouquet ! Il referme la fenêtre et se tourne vers ses hommes.

– Vous connaissez tous mon amitié pour les victimes de cette sombre histoire : Alma et Mathis Delorme. Je compte sur vous pour m'aider à la résoudre.

Il prend place à son bureau.

– Et maintenant, si vous le voulez bien, nous commencerons par nous repasser plusieurs fois le film, ce qui nous permettra peut-être d'y découvrir des éléments qui, à première vue, nous auraient échappé.

– À vingtième vue, plaisante l'un des militaires, et tous rient ; ça détend.

Buisson fait partir la vidéo sur l'ordinateur : une fois, deux, trois, une autre…

– C'est bon ? On peut y aller ?

Tous acquiescent, Thomas est le seul à lever le doigt.

– Il m'a semblé voir comme un chiffre, un 9, au bas de la verrière. Mais avec cette poussière…

– Tu m'arrêtes.

L'adjudant repasse le film, cette fois au ralenti. Peu avant la fin, la caméra montre la verrière.

– Là ! crie Thomas en pointant le doigt.

Et, en effet, avant de revenir sur Alma, un 9 est brièvement apparu. Buisson agrandit l'image au maximum : deux 9 ? Trois ?

– 1999, rugit Nicolas.

– Sans doute la date de fabrication de cette verrière, constate Buisson. Une verrière qui devait coûter un max et que tous ne pouvaient certainement pas se payer.

– On dit que la lumière du jour stimule la production du lait, intervient Aline.

– Ce qui confirme que notre étable est bien à vaches laitières, remarque Thomas.

L'adjudant leur sourit :

– Bravo ! Voilà une piste qui me paraît prometteuse. Reste à trouver l'endroit où ces verrières sont fabriquées. Ou plutôt « étaient » fabriquées, car je ne me souviens pas en avoir jamais vu de semblables. Thomas, tu t'en charges avec Nicolas ?

– C'est parti ! lance ce dernier avec fougue tandis que Thomas déploie fièrement les épaules.

Buisson se tourne vers Arlette et Vincent :

– Vous, vous voyez du côté des boutiques qui vendent des caméras-espions : un achat récent. Bien qu'il serait étonnant que le gars ait laissé ses coordonnées.

– Je peux me renseigner sur les associations de défense des animaux, la SPA et tout ça, propose Julien. On dirait qu'elles ont trouvé leur maître. Même s'il n'est pas certain que leur cause y gagnera.

– Toutes les pistes sont bonnes à suivre, rappelle Buisson à l'équipe. Pour ma part, je vais aller voir du côté des autres brigades.

– Et merde ! s'exclame un homme en désignant la fenêtre derrière laquelle virevoltent quelques flocons.

– Raison de plus pour mettre les bouchées doubles, conclut l'adjudant, parce que, vous voyez, ça m'étonnerait que la petite soit chauffée.

– 15 –

Une lampe. Son ravisseur lui avait laissé une lampe : la sienne. Alma ne s'était pas trompée : oui, il avait du cœur ! Et elle s'en foutait bien de réagir comme une midinette, d'en venir presque à le considérer comme son bienfaiteur, grâce à lui – syndrome de Stockholm ou non – elle allait passer une vraie nuit. Une nuit sans grelotter de peur.

Après son départ, ses larmes essuyées avec le coin de son t-shirt, elle avait fait le tour de ce qu'il lui avait apporté : le pack de bouteilles d'eau – plus à craindre la soif. Une couverture de laine, pliée dans un plastique – plus à craindre le froid. Le ballot de vêtements et quantité de nourriture, dont les yaourts aux fruits et une tablette de chocolat au lait, rien que ça !

Découvrant parmi les vêtements un lot de petites culottes jetables de toutes les couleurs – combien ? dix ? vingt ? – à nouveau un fou rire l'avait secouée. Elle avait imaginé son « bienfaiteur » les choisissant dans le rayon « lingerie féminine », les jetant dans son Caddie en espérant ne pas être remarqué. Était-il passé par les caisses automatiques pour ne pas avoir à affronter le regard de la caissière ? À moins qu'il ne les ait commandées sur Internet.

Quoi qu'il en soit, qu'il ait pensé à ce « détail » si crucial pour elle avait achevé de la rassurer. En croyant l'avoir déçu, Alma s'était trompée. Au contraire, elle l'avait touché. Il reviendrait.

Pour terminer, toujours à l'aide de la lampe de spéléo, elle avait récupéré le seau en plastique bleu. Et là, nouvelle surprise : il était plein d'eau. Ce qui signifiait qu'il y avait une arrivée dans les parages : un tuyau ? Un robinet ? Et que peut-être l'étable n'était pas aussi isolée qu'elle l'avait craint.

Enfin, épuisée, terrassée par l'émotion, après avoir savouré un yaourt et bu jusqu'à plus soif, blottie dans le duvet, la couverture pliée sous sa tête en guise d'oreiller, la lampe contre son visage, le doigt sur l'interrupteur en cas de panique, elle s'était endormie.

Et, lorsqu'elle se réveille, il lui semble distinguer du blanc, là-haut. Renversant la tête, elle découvre qu'il neige, de légers flocons dont certains tombent par les trous de la verrière, c'est joli. Froid ? même pas : grâce à lui. Tiens, si elle l'appelait « Lui » avec un grand « L » ? Parce que « ravisseur », Alma n'aime pas trop : il y a « ravi » dedans.

Quant à la neige, rien d'étonnant, elle est fréquente ici en avril. Les skieurs le savent bien, qui profitent de dernières glissades sous un soleil qui leur fait des clins d'œil : eh oui, c'est le printemps !

Allez, debout, elle a à faire. Primo : pipi. Depuis combien de temps se retient-elle ? Elle quitte sa chambre. Ah ah, elle est belle, sa « chambre » ! Et elle est belle, la midinette, accroupie sur le seau. Papier. Culotte. Et ce maudit cliquetis de chaîne qu'elle se coltine partout. Merci le bienfaiteur !

Secundo, une troisième croix sur le mur : dimanche de Pâques, jour des cloches. Neige oblige, Mathis devra-t-il cacher les œufs en chocolat à l'intérieur de la mairie ? Sûr que les gamins n'apprécieront pas. Mathis, oh, mon Mathis, combien encore de temps sans toi ?

Tertio : un petit-déj' pour se réconforter. À défaut de cacao mousseux, trois carrés de la tablette de chocolat. Tartine, deux yaourts, miam ! Ils lui rappellent les courses au supermarché avec sa mère quand elle était gamine. Elle en glissait toujours un pack supplémentaire en douce dans le Caddie, de préférence aux abricots, ses favoris. Sa mère qui faisait mine de ne rien avoir vu…

MAMAN !

C'est comme une gifle, un brutal rappel à l'ordre, à la réalité. Bien sûr qu'elle est au courant, son père aussi. Mathis les a forcément avertis de sa disparition. Et elle peut imaginer leur effroi, leur douleur. Surtout après la mort tragique de Constantin, son petit frère. Les larmes montent.

NON !

Ce n'est pas en pleurant qu'elle fera avancer le schmilblick. Et il serait temps de mettre à exécution le plan que lui a soufflé Tristan : trouver la cause de l'aliénation de son ravisseur, le conduire à la regarder en face, la comprendre, l'accepter, s'accepter, se libérer, la libérer.

Elle revoit le petit garçon lançant de toutes ses forces le camion contre le mur.

« Mort, le camion ! »

La cause de la souffrance de Tristan, c'est son père, atteint d'un cancer. À Alma de trouver d'où vient celle de son ravisseur. Lors de son prochain passage, c'est promis, elle s'y attellera.

Et, en attendant, rien ne lui interdit de s'offrir une grande toilette à l'aide du seau bleu rempli. Elle en saisit l'anse et va aussi loin que sa maudite chaîne le lui permet. Bonjour, colère ! Elle a pris aussi le gant, le savon et la serviette-éponge. Un regard là-haut : la neige a cessé de tomber. Dommage ! Ça aurait eu de la gueule de se doucher dessous. Mais comme il n'y a personne pour applaudir…

« Cheveux fous et lèvres roses », fredonne-t-elle en frottant sa tignasse, en hommage aux Compagnons de la chanson. Le reste suit : aisselles, ventre, plus bas, partout. Reste juste assez d'eau pour rincer à peu près. Puis séchage à la serviette-éponge. Qui n'éponge plus rien.

Et maintenant, on s'habille.

La petite culotte pour commencer : bleu espoir. Impasse sur le soutien-gorge. La prochaine fois ? Pull, pantalon de survêt, grosses chaussettes. Elle a cherché en vain une étiquette qui l'aurait renseignée sur le magasin où il a fait ses achats. Elle les connaît presque tous dans le secteur.

Mais tout ce qu'elle a trouvé, c'était : « taille XXL », « lavage à la machine », « température 40° ».

– 16 –

« J'ai décidé de ne plus compter », avait répondu Mathis à Buisson en levant son gobelet de café. Sitôt rentré chez lui, il a mis la machine en route.

Son regard s'est arrêté sur une jolie boîte ancienne, contenant toutes sortes de thés. Alma le préférait au café qu'elle n'était pas loin de considérer comme une drogue. Une drogue, n'est-ce pas ce dont on ne peut se passer ? Ce à quoi on devient accro ?

– Dans ce cas, je suis drogué à toi, à vie, soupirait Mathis en prenant des airs de chien battu.

Et Alma riait :

– Si tu veux faire une cure, c'est tout simple : je disparais.

Et elle l'avait fait.

Tandis qu'il s'interrogeait sur la façon dont il allait apprendre la nouvelle à son beau-père chasseur, celui-ci a appelé.

Il criait si fort que Mathis avait du mal à comprendre ce qu'il disait, sinon qu'une âme peu charitable – pour reprendre les mots de Buisson – venait de lui envoyer un mail lui conseillant de regarder sa fille sur les réseaux sociaux.

– Vous attendiez quoi pour m'avertir ? La demande de rançon ?

C'était la détresse qui dictait cette attitude à Benoît Vignon et pas un instant Mathis n'a songé à lui en vouloir. D'une voix la plus calme possible, il lui a répondu qu'il partageait son désespoir et sa colère : ce film était une ignominie. Si cela pouvait le rassurer un peu, il venait de rencontrer son ami, adjudant à la gendarmerie, qui lui avait promis de jeter toutes ses forces dans la bataille. Il avait déjà commencé.

Le père d'Alma l'entendait-il ? Il continuait à vociférer. Derrière lui, Mathis percevait un souffle, un sanglot ? Héléna, bien sûr, la mère d'Alma. Il a demandé à lui parler et son mari s'est exécuté après quelques flèches supplémentaires sur l'incapacité de son gendre à protéger sa femme.

Héléna semblait complètement dépassée. D'une voix pleine de larmes, elle a prié Mathis de lui expliquer la situation en reprenant par le début et celui-ci s'est exécuté.

Le cœur lourd, il lui a raconté la disparition d'Alma jeudi dernier alors qu'elle rentrait d'une séance de travail à Malbuisson, sa voiture retrouvée vide par les gendarmes, les premières recherches qui n'avaient rien donné. Puis, samedi soir, l'atroce vidéo.

Espérant que son beau-père écoutait, il a redit à Héléna sa confiance en son ami adjudant. Il n'a pas évoqué la piste végan : prématuré. Et inutile de culpabiliser le passionné de chasse. Il a glissé à sa belle-mère que, pour l'instant, leur présence à Saint-Point n'était pas nécessaire et a promis de les tenir au courant du moindre progrès de l'enquête. Enfin, il l'a mise en garde contre les journalistes qui pourraient bien venir les traquer jusqu'à Cavaillon : le mieux étant de les ignorer.

Après l'avoir remercié, Héléna a raccroché sans lui repasser son mari et Mathis en a été soulagé. Mission accomplie.

9 h 30 seulement ! Il est vrai qu'il s'était levé à 5. Café froid, beurk. Le dernier, il se l'est promis.

« Contente-toi de vivre normalement », lui avait conseillé Buisson. Il a rangé la cuisine, vidé dans une boîte en plastique le contenu de la cocotte : lentilles à la morteau, et l'a placée dans le réfrigérateur. Et, tandis qu'il accomplissait ces gestes, il sentait dans la poche de son jean le poids léger de quelques mots d'amour, laissés, une éternité avant, sur le verre d'Alma : « Bon appétit, mon cœur. »

La neige avait cessé de tomber lorsqu'il a ouvert la fenêtre de sa chambre. Le lac prenait des couleurs laiteuses. Dans le jardin, avec ses fleurs naissantes mêlées de flocons, le hêtre affichait des airs de jeune homme endimanché. Sur ses branches, des oiseaux s'égosillaient, célébrant le printemps. La poitrine de Mathis s'est alourdie : là où se trouvait Alma, les entendait-elle ? Elle les aimait tant.

– 17 –

« Mon petit Mathis, sachez que vous pouvez compter sur moi », lui avait écrit la veille Louis Lebel. Il s'apprêtait à le rejoindre à l'hôtel de ville lorsqu'on a sonné. Un voisin compatissant ? Au moment d'ouvrir, il a retenu son geste et regardé par l'œilleton. Deux inconnus, la quarantaine, l'air martial, dont l'un portait un appareil photo suspendu à son cou : des journalistes.

Il a fait brusquement demi-tour et s'est éloigné sur la pointe des pieds comme un gamin pris en faute. Même averti par Buisson, il avait peine à croire qu'ils soient déjà là. Par qui avaient-ils su ? D'où venaient-ils ? Pour quel journal, quelle radio ou chaîne de télévision travaillaient-ils ?

« Ignore-les », lui avait recommandé son ami. Facile à dire, camarade ! Et même les ignorant, pourrait-il les empêcher de le prendre en photo, le filmer, donner son désespoir en pâture à ceux qui, du fond de leur quiète petite vie, se repaissent du malheur d'autrui ?

Un mélange de colère et d'impuissance l'a empoigné. Il a attendu que les appels aient cessé à sa porte et, une quinzaine de minutes plus tard, il est sorti par celle de derrière. La meute s'est jetée sur lui, brandissant des perches armées de micros poilus, hurlant son nom : « Monsieur Delorme, s'il vous plaît »… « Mathis, si vous voulez bien »…

Eh bien non, il ne lui plaisait pas, il ne voulait pas bien. Les dents serrées, le regard au sol, il a pris le chemin de la mairie.

La neige s'était transformée en boue, le froid l'a transpercé. Pour la millième fois, il a revu celle qu'il aimait dans la paille. Là-bas aussi – il ne savait où –, le froid devait sévir. Comment se protégeait-elle ? À moins… À moins… Pour la millième fois, il s'est interdit d'imaginer le pire. Accompagné par le bourdonnement de frelon des bourreurs de crâne, il est arrivé à l'hôtel de ville sur le seuil duquel l'attendait Louis Lebel.

L'homme calme, discret, pondéré, qui ne sortait jamais de ses gonds, a hurlé aux journalistes d'aller se faire voir. Nul à Saint-Point ne répondrait à leurs questions, il avait donné la consigne. Et si certains s'avisaient de publier des fake news, il n'hésiterait pas à les attaquer en justice.

Sur ce, il s'est effacé pour laisser passer son adjoint et leur a claqué la porte au nez.

Colette était là, les yeux rougis. Elle s'est efforcée de lui sourire et Mathis lui a répondu par un geste d'amitié. Sitôt dans son bureau, le « patron » lui a proposé un café. Il a refusé – « pour toi, mon Alma ». Un thé ? Volontiers.

– Si vous souhaitez vous arrêter quelques jours, aucun souci, je m'arrangerai avec Colette, lui a proposé Lebel en mettant la bouilloire en route.

– Merci bien mais il n'en est pas question. Et travailler me changera les idées, a répondu Mathis.

À midi, comme prévu, il procéderait à la distribution des œufs en chocolat aux gamins du village. Plus tard, il ferait de même avec ceux du Centre de Malbuisson et profiterait de sa présence là-bas pour prendre des nouvelles des amis et collègues d'Alma.

– En revanche, je vous laisserai volontiers remettre la coupe au vainqueur de la course cycliste ; elle n'en aura que plus de valeur à ses yeux.

Et bien sûr, le patron s'en est dit heureux.

Un peu plus tard, récupérant les œufs dans le réfrigérateur de la cantine, Mathis a laissé courir son doigt sur la bouteille de champagne en réitérant sa promesse de l'ouvrir le jour du retour d'Alma.

– 18 –

Une montre ! Une montre ronde, pas la sienne mais totalement lumineuse. Une montre de plongée faite pour éclairer les abysses de la terreur où tournoient les requins aveugles des cauchemars.

Il est entré dans la stalle, s'est accroupi devant Alma et la lui a tendue. Elle a résisté à l'envie de lui présenter son poignet afin qu'il l'attache lui-même, que le cadeau soit parfait. Mais elle a renoncé de crainte d'abîmer ce rare instant d'émotion partagée. Alors, elle l'a fait elle-même, en prenant son temps, comprenant l'expression « dévorer des yeux ». Elle a dévoré les longues aiguilles en forme de flèches, savouré l'alerte trotteuse, goûté à la date inscrite dans une lucarne et s'est empiffrée de lumière.

Et lui, buvait chacun de ses gestes.

– Midi trente et cinq secondes, a-t-elle annoncé solennellement. Avant de craquer : Oh, merci, merci. Grâce à toi, je dormirai bien cette nuit. Et qui sait si je ne ferai pas de beaux rêves ?

Puis elle a récupéré la lampe frontale, posée à portée de sa main, et la lui a rendue.

Il a souri.

À présent, il tirait d'autres objets de son sac mais elle ne les regardait même pas, elle s'en fichait. Désormais sa priorité, son seul but, serait de l'apprivoiser comme elle tentait de le faire avec Tristan. Le libérer de son secret afin qu'il la libère, elle.

Mais, à sa propre surprise, c'est un autre prénom qui est monté à ses lèvres : celui que, depuis des années, elle gardait farouchement en elle.

– Si tu veux bien, je vais te parler de mon petit frère : Constantin.

Et, comme il l'interrogeait d'un regard anxieux, elle a compris pourquoi le prénom interdit lui était venu à l'esprit. Quelque part, Constantin et lui se ressemblaient. Avec leurs hésitations, cette sorte de frilosité devant la vie, leur insondable solitude.

Et qui sait si, aidant son ravisseur, elle ne s'aiderait pas elle-même ?

– J'avais 13 ans, lui 11, a-t-elle commencé. Il était beaucoup plus petit que moi, un peu boulot, des yeux clairs qui semblaient toujours vous interroger, vous demander « Pourquoi ? ». Pourquoi quoi ? Le savait-il lui-même ? À moins que ce ne soit la question qu'un jour tous se posent : Pourquoi la vie ? Pourquoi la mort ?

Elle s'est interrompue durant quelques secondes pour reprendre souffle, reprendre courage.

– Nous fréquentions le même collège, mais alors que j'avais beaucoup d'amis, lui n'en avait aucun. Le pire étant qu'il n'essayait même pas de s'en faire, comme si c'était perdu d'avance.

Elle a attrapé la bouteille d'eau et bu avidement. Parfois il lui semblait être née assoiffée, de tout : bon et mauvais, pluie et soleil, la vie ! Tandis que Constantin, lui, refusait de boire, se laissant volontairement mourir de soif.

– Bien sûr, maman et moi on s'inquiétait, a-t-elle repris, on essayait de se rassurer en se disant que c'était l'âge, ça lui passerait. Comme d'hab, papa ne le regardait pas.

Son interlocuteur s'est figé : le mot « papa » ? Alors vite, de peur qu'il ne fuie, Alma continue.

– Et puis, une fin d'après-midi – cette saleté de nuit commençait à tomber –, n'entendant pas de bruit dans sa chambre, j'ai frappé. Sans réponse, je suis entrée.

Elle s'interrompt, le souffle brusquement coupé et, les yeux fermés, elle tombe dans la gueule noire du non-dit, le sombre magma de mots trop profondément enfouis, qui vous asphyxient. Le courage, parfois, ça ne suffit pas, c'est de l'héroïsme qu'il faut.

Ce bruit, tout près, c'est lui qui s'assoit. Ce début de chaleur, une main qui prend la sienne, la presse de continuer.

– J'ai tout de suite compris, chuchote-t-elle. Le « jeu du foulard ». Un bout attaché aux barreaux de son lit, l'autre noué autour de son cou.

Il incline la tête. Bien sûr, il connaît. On connaît tous. Et quel parent n'a tremblé à l'idée qu'un jour son enfant…

Allez, Alma. Allez.

– Tu serres, tu serres, jusqu'au moment où l'air manque, les quelques secondes de grand frisson. Si tu t'en tiens là, ça va. Si tu continues, t'es mort. J'ai essayé pour voir, mais moi je n'ai pas continué.

Il approuve et ses yeux lui demandent de poursuivre, d'aller jusqu'au bout. Et elle y va.

– Tout le monde a dit que c'était un accident, même maman. Mais moi, je savais que Constantin avait continué exprès et que j'avais pas été foutue de l'en empêcher.

C'est fait ! Elle a prononcé les mots poison, avoué, confessé sa faute. Elle s'est livrée, déboutonnée, mise à table. Elle a craché le morceau. Et, sur le visage de son interlocuteur, il lui semble lire une ébauche de sourire, telle une satisfaction. Et subitement, la colère la submerge. Oui, satisfait, il peut l'être. En quelques jours, contre un peu d'eau et de lumière, il a fait d'elle cette femme à sa botte, incapable de lui résister : « Allez-y, servez-vous, ne vous gênez pas ! » Et, d'un coup, elle explose, elle hurle.

– C'est bon ? Tu es content ? On peut dire que tu m'as bien eue. Et de toutes les façons. Tu m'enlèves, m'enfermes, m'enchaînes. Et comme si ça ne suffisait pas, tu t'introduis dans ma tête, me voles, me pilles. Alors que toi, qu'est-ce que tu me donnes ? T'es qui ? Comment tu t'appelles ? Qu'est-ce que tu fous quand tu ne m'honores pas de ta précieuse personne ?

– Je m'appelle Paul, dit-il.

– 19 –

Furax. Buisson était furax. Voilà pratiquement une semaine que la petite avait été enlevée et rien ! Pas une image, pas un message ni une revendication : un écran noir, un silence assourdissant.

Chaque matin en se levant, il voulait espérer. Chaque soir, se mettant au lit parce qu'il le fallait bien, il éprouvait un insupportable sentiment d'échec. Et la presse était là pour le lui carillonner aux oreilles. Malgré les efforts de tous pour que l'affaire ne s'ébruite pas, aidés par les réseaux sociaux, les médias s'en étaient emparés, la répandant dans tout le pays. Un collectif de femmes s'était créé, levant une souscription « Pour aider Alma », afin de mettre la pression sur les enquêteurs. Et ne parlons pas des fake news. Certains allant jusqu'à affirmer qu'il s'agissait d'un nouveau jeu, genre « Ko Lanta ». À moins qu'il ne s'agisse d'un remake de « Portés disparus », n'importe quoi.

Mais ce que redoutait le plus l'adjudant, pour lui la pire des hypothèses, que devant l'ampleur des réactions, ayant atteint son but, connu son heure de gloire, l'enfoiré qui avait enlevé Alma ne s'en tienne là. Plus de vidéo d'elle. Aucun signe de lui.

Et un jour, se promenant dans la campagne, un gars du pays, un vacancier, un touriste, découvrirait dans un fouillis de ronces et de pierraille ce qu'il restait de la disparue.

Face au bruit provoqué par l'affaire, d'autres brigades avaient été appelées en renfort. Le sous-préfet avait honoré Saint-Point de sa présence. Devant une forêt de micros et de portables brandis, il avait parlé de l'innocente jeune femme retenue dans une étable et de la piste probable d'un fanatique de la cause animale. Il avait promis, la main sur le cœur, que tout serait fait pour la retrouver et châtier comme il le méritait l'auteur du forfait. La piste terroriste avait été écartée.

Plusieurs fois par jour, quand il ne débarquait pas à la caserne, Mathis appelait Buisson : « Alors, toujours rien ? Aucun indice, pas le début du début d'une piste ? » Et, lui répondant, l'adjudant avait honte. Il ne trouvait même plus les mots de consolation ou d'espoir, il les avait tous dits. Et si sa tendre Isabelle n'avait été là pour lui redonner courage et confiance, qui sait si, comme certaines voix le réclamaient, accusant la gendarmerie d'incompétence, d'impuissance et autres mots doux, n'aurait-il pas fini par raccrocher les gants.

À la caserne, l'enquête était au point mort. Thomas et Nicolas avaient trouvé à Besançon l'endroit où, autrefois, se fabriquaient des verrières semblables à celles de l'étable. L'entreprise s'était reconvertie dans la vente de machines agricoles. Ils avaient réussi à se procurer d'anciens livres de comptes où une main appliquée avait calligraphié les noms des acheteurs, la date de l'achat et le règlement de la facture. Seul souci, tous les clients étaient à la retraite quand ils n'avaient pas élu domicile au cimetière.

En ce qui concernait la caméra-espion, sans en connaître la marque ni avoir de portrait-robot de l'acquéreur, c'était mission impossible, aussi les gendarmes avaient-ils vite renoncé. Restait les associations de défense de la cause animale, tâche à laquelle Buisson avait tenu à s'atteler lui-même.

Il avait parlé à des gars très remontés contre celui qui avait diffusé la vidéo : si jamais ils le retrouvaient, il connaîtrait sa douleur. Bref, ils se chargeraient du boulot.

Mais le plus pénible était sans doute les dénonciations. Certains profitant de l'affaire pour régler leurs comptes avec leurs voisins, parfois leur famille. Agissant bien sûr de façon anonyme – lettres non signées ou appareils jetables –, ils prétendaient avoir détecté chez un tel ou un tel une attitude bizarre, un emploi du temps inhabituel, des disparitions inquiétantes. Et comme il fallait bien vérifier, au cas où, les gendarmes se retrouvaient face à des malheureux qui n'y comprenaient rien, en perdaient leur latin, parfois pleuraient. À moins que, ivres de rage, ils ne jurent de retrouver le cafard qui les avait dénoncés et lui faire ravaler ses calomnies.

Ne manquaient plus que les cars de touristes qui défonçaient la route et déversaient sur la place de Saint-Point ou sur celle de Malbuisson des cargaisons de voyeurs, portables au poing, se régalant d'avance à l'idée de faire admirer bientôt à leurs proches ou à leurs amis les « lieux du crime », et, du haut de leur morne petite vie, de déclarer : « J'y étais. »

– 20 –

Et ce vendredi matin, très exactement huit jours après le drame, voyant débarquer à la caserne un Mathis survolté accompagné d'Alix Ménard, amie et collègue d'Alma, une personne fiable qu'il avait interrogée le matin du kidnapping, ainsi que son mari, Bertrand, Germain Buisson a espéré que les choses allaient enfin avancer.

– Ça y est, on a une piste, et une sérieuse ! a triomphé Mathis. Grâce à Alix, elle va t'expliquer.

Tout aussi excitée que lui, Alix s'est lancée. La veille, la mère d'une petite Agathe dont Alma s'occupait au Centre était venue la trouver. Elle soupçonnait son ex-mari de l'avoir enlevée. Celui-ci, Jean-Pierre Lefèvre, était connu pour sa brutalité qui lui avait valu d'avoir plusieurs fois à faire à la justice. Furieux de voir sa fille confiée à Alma qu'il accusait de le dénigrer auprès d'elle, il n'avait jamais caché son intention de le lui faire payer un jour ou l'autre. De nombreuses personnes pouvaient en témoigner.

– Chose curieuse, a ajouté Alix, ces menaces ont brusquement cessé après le passage de la vidéo. Comme si elles n'avaient plus lieu d'être.

– Et, cerise sur le gâteau, en a rajouté Mathis, devine où travaille ce Lefèvre ? À l'hypermarché Leclerc de Pontarlier, rayon « Image et Son ». Où il vend des caméras-espions.
– Entre autres, l'a tempéré Alix.

Face à ces révélations, Buisson s'est interdit de se réjouir trop vite. Certes, la piste était intéressante mais pas question d'appréhender le lascar avant d'en savoir davantage sur lui. Il a souri à ses interlocuteurs.
– Merci d'être venus me faire part de vos soupçons. Tout élément nouveau nous permettant d'avancer est le bienvenu. Dès cet après-midi, je vais me renseigner sur Jean-Pierre Lefèvre : son comportement, son emploi du temps, ses déplacements.
– Mais non ! s'est écrié Mathis, il faut l'arrêter immédiatement. Imagine qu'il se rende compte de quelque chose et décide de disparaître, abandonnant Alma…
Sa voix s'est brisée :
– À moins… à moins… qu'il ne décide de s'en débarrasser.
Un lourd silence est tombé. Alix s'est rapprochée de Mathis et lui a parlé à l'oreille. Buisson s'est levé. Il est allé à la bombonne d'eau, a rempli un gobelet pour chacun avant de reprendre place et d'avaler une grosse gorgée. Les autres l'ont imité.
– En dehors de vous trois, quelqu'un est-il au courant de votre démarche ? a-t-il demandé à Bertrand Ménard qui, jusque-là, n'avait pas prononcé un mot.
– Une seule personne : l'ancienne épouse de Lefèvre : Liliane Thévenin, mère de la petite Agathe, a répondu calmement celui-ci. J'ajouterai qu'elle a fait promettre à Alix la plus

grande discrétion, redoutant des représailles de son ex-mari s'il apprenait qu'elle a parlé.

– Mme Thévenin peut nous faire confiance, s'est engagé Buisson. Je le lui dirai de vive voix cet après-midi en lui rendant visite. Je suis convaincu qu'un dialogue plus approfondi entre nous fera bouger les choses.

Il s'est tourné vers Alix :

– Merci de me donner ses coordonnées.

Alix a ouvert son sac. Elle en a tiré une carte qu'elle a remise à l'adjudant. Celui-ci a souri à Mathis qui rongeait son frein.

– Écoute-moi, camarade. Nous sommes vendredi, tu me donnes jusqu'à lundi pour voir si vos soupçons sont fondés. Si c'est le cas, nous procéderons à l'arrestation de Lefèvre.

– Et qui te dit que d'ici là, il n'aura pas déguerpi ?

À nouveau, Buisson s'est levé et il a ouvert la porte donnant sur la réception.

– Thomas, Nicolas, s'il vous plaît.

Les deux hommes les ont rejoints.

– Vous connaissez M. et Mme Ménard, ici présents. Ils soupçonnent ainsi que Mathis un dénommé Jean-Pierre Lefèvre, l'ex-mari d'une de leurs amies, d'avoir enlevé Alma. Vous allez vous rendre immédiatement sur les lieux de son travail, l'hypermarché Leclerc à Pontarlier et vous ne le lâcherez plus d'une semelle. Jour et nuit. Bien sûr, le plus discrètement possible.

– Rayon « Image et Son », a précisé Alix.

Les yeux des militaires ont brillé, un courant puissant d'énergie est passé.

– Vous m'appelez dès que vous aurez localisé l'individu, a ajouté Buisson. Allez !

– OK, patron.

Après avoir salué les visiteurs, les deux hommes ont quitté le bureau. Ils avaient l'air heureux. Buisson a posé la main sur l'épaule de son ami silencieux.

– Tu sais, moi aussi j'espère !

Plus tard, ses interlocuteurs partis, il a sorti sa pipe.

Si seulement…

– 21 –

Liliane Thévenin était une femme affolée. Qu'est-ce qui lui avait pris de faire part de ses soupçons concernant son ex à Alix Ménard, sachant très bien qu'elle ne garderait pas la confidence pour elle, jugerait de son devoir d'alerter les gendarmes ?

C'était le terrible spectacle de cette pauvre, pauvre Alma dans la paille qui l'avait décidée. Une femme si aimable, si disponible et qui s'occupait si bien de son Agathe. En se taisant, ne se rendait-elle pas complice des traitements infâmes qui lui étaient infligés ?

Mais à l'idée que Jean-Pierre pourrait découvrir qu'elle l'avait dénoncé, elle ne vivait plus, le sachant capable de tout. Et voilà que l'adjudant Germain Buisson s'annonçait ! Devant sa petite fille affolée par ses cris, elle avait tout simplement craqué.

Avant de se rendre chez Liliane Thévenin, Buisson avait pris quelques renseignements sur elle. 28 ans, postière, bien notée, bonne mère. Divorcée depuis dix-huit mois de Jean-Pierre Lefèvre. Une histoire, une vie tristement banales. Mais, lorsqu'elle lui a ouvert la porte, il a eu un choc : 28 ans ? Elle en faisait dix de plus : un visage prématurément ridé, de lourdes poches sous les yeux et déjà quelques cheveux blancs. Fallait-il que son Lefèvre lui en ait fait voir.

Retenant ses larmes, elle l'a conduit dans un salon coquettement meublé où une fillette aux longues boucles blondes pianotait sur une tablette : Agathe, forcément. Ils se sont assis dans des fauteuils, devant une table basse sur laquelle un plateau avait été préparé avec tasses et verres.

– Vous boirez bien quelque chose ? Un café ? Une bière ?

Dans l'espoir de lui laisser le temps de se ressaisir, Buisson a accepté un café. Elle, s'est contentée d'un verre d'eau. Tandis qu'elle mettait la cafetière en route, il a entrepris de la rassurer.

– Sachez que depuis le début de l'après-midi, deux de mes hommes sont sur les lieux du travail de Jean-Pierre Lefèvre. Avec, pour mission, de ne plus le lâcher d'un pouce. Vous n'avez donc plus rien à craindre.

Visiblement soulagée, Liliane Thévenin a poussé un profond soupir. « Merci », a-t-elle murmuré. Buisson l'a félicitée d'avoir eu le courage de faire part de ses soupçons à Alix Ménard. Qui sait si, grâce à elle, Alma ne retrouverait pas sa liberté, au grand bonheur des siens ?

Tandis qu'il parlait, il lui a semblé voir la petite se rapprocher. Se trompait-il ?

– D'après ce que nous a confié Mme Ménard, il arrivait qu'avant votre divorce votre mari se montre violent avec vous ? a-t-il déploré en contrôlant sa voix pour que la fillette n'entende pas.

– Un sanguin ! s'est-elle exclamée. Il ne lui en fallait pas beaucoup. Et quand il buvait, c'était la totale.

– Vous n'avez pas porté plainte ?

– J'avais bien trop peur, pensez ! Et puis un jour, c'est devenu infernal et j'ai décidé de divorcer.

Dans sa voix, de la colère, presque de la haine.

– Je suppose que votre ex ne l'a pas bien pris, a continué Buisson prudemment.

– J'ai dû demander à mon frère de venir s'installer à la maison. Il y est resté jusqu'au moment où le divorce a été prononcé.

– Et pour la garde ?

– Jean-Pierre a la petite un week-end sur deux. Le souci, c'est que ça ne lui suffit pas.

Le prénom de son père ? En trois pas, la petite a été là, tirant sur la jupe de sa mère.

– Dis, maman, quand est-ce que je vais chez mon papa ?

– Pas ce samedi, le suivant, a répondu brièvement celle-ci. Et maintenant, s'il te plaît, tu retournes jouer plus loin.

Agathe a obtempéré, l'air buté. Sa mère l'a suivie des yeux.

– Le pire, c'est qu'elle l'aime, a-t-elle soupiré.

Buisson s'est raidi : le pire pouvait donc être d'aimer ?

– Et pourquoi votre petite fille est-elle soignée au Centre ? a-t-il repris, en proie à un sourd malaise.

– On ne dit pas « soignée » mais « aidée », l'a corrigé son interlocutrice. Agathe n'est pas malade. C'est juste qu'elle ne prend pas bien les relations entre J.-P. et moi.

Le regard de Buisson est allé au pêle-mêle de photos accroché à un mur. Agathe, à tous les âges, quelques clichés de sa mère, « J.-P. » out ! Son malaise s'est accentué.

– Quels éléments vous ont-ils conduite à soupçonner votre mari d'avoir enlevé Alma Delorme ? a-t-il demandé abruptement.

– Il n'a jamais accepté que j'aie inscrit la petite au Centre. Il prétend qu'Alma la monte contre lui et gueule partout qu'il le lui fera payer. Si vous me croyez pas, y a des témoins. Sans compter qu'après la vidéo : plus un mot ! Ça vous semble pas louche, ça ?

Elle était sur la défensive. Buisson s'est reproché son agressivité. Mais quelque chose, qu'on appelle « l'intuition », lui disait qu'il était venu ici pour rien. Cette femme était simplement en train de régler ses comptes avec un homme qu'elle en était venue à détester. Haïr, oui.

– Votre petite fille a-t-elle vu la vidéo ? a-t-il demandé d'un ton moins rude.

– Bien sûr ! Comme si on pouvait cacher quoi que ce soit aux enfants aujourd'hui. Et même si j'avais essayé, les copines à l'école se seraient chargées de lui en parler. Elle a pleuré : Alma, elle l'aimait bien. C'est ça aussi qui m'a décidée.

Buisson a tourné la tête vers la fillette. Elle le regardait par dessous d'un air hostile. Entre deux parents en guerre et les images insoutenables d'Alma, ça ne devait pas être facile pour elle. Il est revenu à la mère.

– Une dernière question si vous voulez bien : savez-vous si, dans la famille de votre ex, il y avait des agriculteurs, des éleveurs ? Je suppose que vous comprenez la raison de ma question.

– Je me la suis posée moi-même. Et c'est non. Les Lefèvre viennent du Nord, eux, c'est plutôt la mine.

– Et de votre côté ?

– Mon grand-père était éleveur près de Frasne : un joli coin. Enfant, j'adorais y aller. Il m'apprenait à traire les vaches. Quand il est mort, mon père n'a pas gardé la ferme. Il l'a vendue à un couple d'agriculteurs bios. Il paraît que ça marche bien.

Un mince espoir est revenu à Buisson.

– Pouvez-vous m'en donner l'adresse ?

– Si vous voulez.

Liliane s'est levée et elle est allée chercher une carte qu'elle lui a tendue.

– Vous verrez, ils vous feront sûrement goûter à leur soupe : leur spécialité. Délicieuse.

Elle avait presque souri. À son tour, Buisson s'est levé.

– Bien, je vais vous laisser. Merci de m'avoir reçu. On vous tiendra au courant.

Se dirigeant vers la porte, il a adressé un clin d'œil à Agathe. Elle lui a tiré la langue.

– 22 –

Coiffé d'une voile grise renversée, l'hypermarché Leclerc se dressait à la sortie de Pontarlier, sur la route de Dijon. Trois étages de verre et de bois, éclairés jour et nuit. Le temple de la consommation, s'indignaient les uns. Le lieu béni où l'on trouvait tout tout tout et à prix réduits, se félicitaient les autres.

Tout ?

Sauf ce que Thomas et Nicolas étaient venus y chercher : la preuve que Jean-Pierre Lefèvre, responsable du rayon « Image et Son », avait enlevé Alma Delorme et la séquestrait dans une étable abandonnée.

Depuis vendredi, jour où le chef leur avait donné ordre de surveiller Lefèvre, ils se promenaient discrètement à l'étage où celui-ci officiait. La nuit, ils se relayaient en bas de l'immeuble modeste où il logeait, au premier étage. Immeuble, entre parenthèses, situé près du Centre, fréquenté par la petite Agathe, non loin de la route où Alma avait été kidnappée.

Plutôt beau, grand, large d'épaules, cheveux courts, barbe à la mode, le suspect était un homme à habitudes. Lever 7 heures, boulot à son Leclerc une heure plus tard. À midi, déjeuner à la cantine et dîner à 20 heures chez lui, en regardant la télévision comme l'indiquait la lumière bleutée palpitant à sa fenêtre.

Il se déplaçait dans une antique Peugeot que Thomas avait fouillée sans rien y trouver de notable, la nuit de vendredi à samedi. Au travail, il semblait être apprécié et, pour le peu que Nicolas et lui avaient pu en juger, il prenait plaisir à orienter les clients vers l'objet de leur choix.

Prétextant une enquête sur les us et coutumes des habitants du quartier, Nicolas avait interrogé la gardienne de l'immeuble. M. Lefèvre ? Un monsieur très bien, sans histoire, sauf les soirs où il buvait, ce qui, heureusement, n'était pas fréquent parce qu'alors ses cris alertaient tout le quartier. Cris de rage contre son épouse qu'il accusait de lui avoir volé sa petite fille.

Au total, rien qui vienne étayer la déposition d'Alix et de Mathis.

En désespoir de cause, le dimanche – dernier jour d'enquête accordé par Buisson –, Thomas s'était présenté comme un client au rayon dont l'oiseau était responsable. Sur le ton de la confidence, il lui avait expliqué qu'il soupçonnait sa femme de lui être infidèle et désirait acquérir une caméra pour la surveiller lorsqu'il partait en voyage, ce qui était fréquent. Qu'avait-il à lui proposer ?

Lefèvre lui avait montré plusieurs modèles, ventant les avantages de chacun, ajoutant que s'il le souhaitait, un technicien installerait celle de son choix chez lui. Et, comme Nicolas demandait à réfléchir, il avait laissé échapper un rire complice : « Bien sûr, si ma caméra venait à confirmer vos soupçons, je suppose que ça barderait chez vous. » Et ce « ma » caméra – comme celle qu'il utilisait pour filmer Alma ? – avait un peu ragaillardi les hommes. Mais lorsqu'ils en avaient informé l'adjudant, celui-ci s'était contenté de hausser les épaules.

Ce même dimanche, Buisson s'était rendu à l'ancienne ferme du grand-père éleveur de Liliane Thévenin. C'était un site de toute beauté, près de la forêt de la Joue, non loin du lac de Remoray, réserve d'espèces d'oiseaux protégés. Mais, de l'ancien corps de ferme, il ne restait rien. Tout avait été rasé.

En ce dimanche ensoleillé, les visiteurs étaient nombreux autour des serres où prospéraient la fraise, la tomate cerise, la courgette, entre autres. Plus loin, de longs plants de poireaux, betteraves, choux de toute sorte, s'épanouissaient. Lorsque Buisson s'était présenté comme venant de la part de Liliane Thévenin, le jeune couple qui avait racheté les lieux avait tenu à tout lui faire visiter.

Près de la jolie maison à colombages et toit de chaume où ils logeaient avec leurs enfants, ils avaient organisé un « Camping à la ferme ». Plusieurs tentes pouvant loger une trentaine de personnes. Et ceux qui désiraient leur prêter la main étaient les bienvenus.

Par ailleurs, une immense table d'hôte, en beau bois brut, accueillait pour des repas groupes, séminaires et autres amateurs de bon air et de produits fraîchement cueillis. Enfin, ils avaient tenu à lui faire goûter leur soupe aux légumes : courgette, carotte et potiron, vendue au marché et très appréciée de tous.

Buisson en avait acheté un bocal qu'il avait ouvert le soir même pour le dîner et Isabelle s'était régalée.

– Dès qu'Alma sera de retour, on ira tous fêter ça là-bas ! avait-elle décidé avec son optimisme habituel.

Mais sans parvenir à dérider son mari.

Demain, lundi, accompagné de Mathis, il devrait se contenter de rendre visite à Jean-Pierre Lefèvre et lui demander très poliment ce qu'il faisait le jeudi 19 avril au soir, veille de vendredi saint, jour de la disparition d'Alma.

– 23 –

Paul, il s'appelait Paul ! Et, offrant son prénom à Alma, il lui avait fait le plus beau des cadeaux : sa confiance. D'une certaine façon, il s'était livré à elle. Si un jour elle parvenait à sortir de cette étable ou si, par bonheur, on l'y retrouvait, elle tiendrait sa liberté entre ses mains. Parmi les visages d'hommes portant le même prénom, elle n'aurait aucun mal à le reconnaître.

Mais, pour autant, pointerait-elle le doigt dans sa direction : « C'est lui » ? Elle doutait d'en avoir la force. C'est pourquoi la seule issue possible était de le convaincre de la libérer en lui promettant de tout faire pour atténuer sa responsabilité. À moins qu'elle ne lui laisse le temps de fuir. Au besoin, elle l'y aiderait.

Mardi : cinq croix sur le mur. Cinq jours depuis son réveil dans la paille.

Il est midi trente lorsqu'il ouvre le grillage et pénètre dans la stalle. Il sort de son sac une imposante bouteille thermos – de celles qui conservent l'eau chaude pendant douze heures –, de la poudre de chocolat, de café, de lait et un pot de confiture. Tout ce qu'il faut pour un petit-déj' royal. Puis il attend, une inquiétude dans les yeux. La veille, Alma ne l'a-t-elle pas engueulé ? Lui reprochant de lui avoir tout pris sans rien lui donner en échange ? Tous ces présents, dans l'espoir d'un pardon ?

Elle lui sourit pour lui faire comprendre que c'est fait : il est pardonné.

– Merci, Paul, hier tu m'as offert le plus précieux des cadeaux avec ton prénom. Pour moi, ça change tout.

– Alors je suis content. Très.

Cinq mots tout simples. Comme cinq croix tracées sur un mur ?

– Je ne te parlerai plus de mon petit frère, l'avertit-elle, c'est trop douloureux. Mais je ne regrette pas de l'avoir fait, depuis je respire un peu mieux.

Il incline brièvement la tête puis s'assoit près d'elle : plus près qu'hier, exprès ?

– Aujourd'hui, je vais te parler de Tristan : un petit garçon de 6 ans dont je m'occupe au Centre. Le Centre, le CMS à Malbuisson, tu connais ? Tu sais ce qu'on y fait ?

– Les enfants, on les y aide…

La voix de Paul s'est brusquement cassée : des enfants comme il aurait tant voulu être ? Écoutés, entendus, vus. Malgré sa différence ?

– C'est ça, acquiesce-t-elle. Et c'est ainsi qu'un beau matin, Nadine, la mère de Tristan, est venue me demander de bien vouloir me charger de lui.

Elle raconte à Paul sa première séance avec le petit, en boule contre le mur, silencieux, hostile. Sa tignasse brune ébouriffée au creux de ses genoux. Puis les jouets qu'elle lui tendait et qu'il faisait semblant de ne pas voir. Jusqu'au camion qu'il lui avait arraché et envoyé baller de toutes ses forces contre un meuble : « Mort, le camion ! »

Il l'écoute avidement, fasciné. Ne dirait-on pas que cet homme, cet adulte, est devenu Tristan, l'enfant solitaire, prisonnier de lui-même, rejeté, ignoré des autres et qui crie au secours ? Elle pose sa main sur son épaule pour lui dire qu'elle l'a compris. Bien sûr, elle ne lui parlera pas de son père. L'autre jour, citant le sien, elle a compris combien le sujet lui était douloureux. Mais elle fera tout pour en saisir la raison. Et le jour où il acceptera de prononcer le nom de son géniteur, ils auront accompli un pas de géant.

Mercredi : six croix sur le mur ; 12 h 35.

Presque la même heure que la veille. Paul est en train d'installer un rendez-vous entre eux. Un rendez-vous, c'est important quand on est seul, que personne, nulle part, ne nous attend.

– Bonjour, Paul.

– Bonjour, Alma.

Sitôt le grillage ouvert, il s'assoit près d'elle, à la même place qu'hier, et ouvre son sac. Là, c'est une habitude qu'il crée. Aussi importante qu'un rendez-vous lorsqu'elle est partagée. Le point fixe d'une journée, l'assurance que tout continue. Et ceux qui s'en moquent sont les nantis, les repus de la vie.

– Ne dirait-on pas qu'il fait beau aujourd'hui ? remarque-t-elle en désignant la verrière éclairée par le soleil.

– Dix-neuf degrés, répond-il. Chaud pour la saison.

Elle lève son poignet :

– Ma montre me l'a dit. Tu sais, je dois bien la regarder cent fois par jour, ajoute-t-elle, et Paul sourit fièrement.

– Figure-toi qu'hier j'ai cherché dans ma tête tous les « Paul » que j'aime et admire, reprend-elle. J'ai trouvé un grand poète : Paul Verlaine, un grand écrivain : Paul Valéry, un grand peintre : Paul Gauguin. Et un musicien que tu connais sûrement : Paul McCartney.

– Les Beatles, confirme-t-il.

– Tu aimes ?

– Assez.

– Moi, beaucoup. Surtout John Lennon : « Love me do ».

Le regard de Paul s'éloigne. Silence. Cherche-t-il à se souvenir ?

– Et Tristan ? réclame-t-il soudain.

Alma s'efforce de ne pas montrer sa surprise, sa bonne surprise. Et aussi son étonnement. La façon dont il a prononcé le prénom : Tristan. Comme s'il n'était pas un inconnu pour lui, qu'ils s'étaient déjà rencontrés. Non. Impossible.

– J'ai découvert quelque chose à son sujet, répond-elle, il adore dessiner. Et à 6 ans, il s'en tire plutôt bien.

Paul retient son souffle : ne peut-on pas tout exprimer par un dessin ?

– Le premier qu'il m'a fait représente une maison avec une porte fermée et une seule fenêtre. Il y a un arbre et un enfant assis contre son tronc qui lève une main vers le ciel, une main vide, si grande qu'on peut en compter les doigts. Tu en penses quoi ?

Paul tire un carnet et un crayon de son sac. Il déchire une feuille du carnet et esquisse la silhouette d'une femme, la main tendue.

– C'est toi qu'il a dessinée, murmure-t-il.

Jeudi : sept croix sur le mur. 12 h 30.

Paul a changé de vêtements. Jusque-là, il portait un jean, une chemise à carreaux, un sweat. Aujourd'hui, il arbore un t-shirt bleu clair, un pantalon de toile beige, pull sur les épaules. S'est-il fait beau pour elle ?

Il entre et, avant de s'asseoir, lui tend un paquet enveloppé de joli papier.

– Pour toi.

Troublée, elle défait le papier avec précaution afin de ne pas le déchirer, ouvre la boîte. C'est un lecteur de CD. Paul tend le doigt, appuie sur « lecture » et la voix des Beatles s'élève : « Love me do ».

« Tu sais que je t'aime et que je t'aimerai toujours.

Alors, s'il te plaît, aime-moi aussi. »

Alma n'en revient pas : tant de générosité, de gentillesse. Et, au diable les ricaneurs, les repus, les nantis, elle se laisse aller à l'émotion et appuie un instant ses lèvres sur la joue de son bienfaiteur. Mais, comme elle sait ce qu'il attend, malgré le trouble éprouvé la veille en voyant le dessin qu'il avait fait d'elle, sitôt la chanson terminée, elle prononce le nom de Tristan.

– L'un des premiers mots qu'il m'a dits, c'est « maman ». Certains assurent que c'est le plus beau du monde et les autres se fichent d'eux, même si, au fond, ils sont d'accord.

Ce n'est pas par hasard qu'elle a abordé le sujet. Faute de pouvoir parler à Paul de son père, elle espère qu'il acceptera d'évoquer sa mère. Mais, comme il se referme, vite, elle appelle la sienne à la rescousse.

– Ma mère s'appelle Héléna, je trouve ça doux. Elle est infirmière et ses malades l'aiment beaucoup. Quand j'étais petite, elle me racontait de belles histoires qui m'ont donné le goût de la lecture.

Mais qu'est-ce qui lui a pris de parler d'Héléna ? Sa gorge la brûle, ses larmes affluent : maman, ma petite maman, où es-tu ? Comme tu me manques. Comme tu dois souffrir.

Elle ferme les yeux, tente de se reprendre.

– Et toi, Paul, murmure-t-elle. Ta maman, dis-moi ?

Un gros sanglot, un sanglot d'homme lui répond. Soudain, Paul tourne vers elle un visage ravagé, un regard de noyé.

Alors, elle le prend dans ses bras, le serre, le berce. Et c'est elle la femme, et c'est lui l'enfant.

– 24 –

Quelle heure est-il ? Un rayon de soleil éclaire Alma, assise en tailleur sous la verrière. Son visage est propre, ses cheveux tirés en arrière, correctement coiffés.

Elle porte des vêtements masculins dans lesquels elle flotte, de grosses chaussettes. Sans doute a-t-elle maigri et son visage est blême, mais son regard est calme. Rien à voir avec la première vidéo.

Sans transition.

Sur trois étages, une succession de cages grillagées emplies de poules se marchant les unes sur les autres en tentant d'atteindre la lumière. Des poules blessées, agonisantes, mortes. Des plumes et de la vermine partout. Un caquètement infernal. Un sol en pente aboutissant à un tapis roulant où des œufs défilent en continu.

Des poussins triés par une machine à la sortie de l'œuf, les femelles gardées, les mâles gazés ou passés à la broyeuse. La lame chauffée d'une guillotine miniature, tranchant la mandibule supérieure du bec des poulets afin d'éviter que, devenus fous, ils ne s'en servent pour se tuer.

Des veaux nouveau-nés arrachés à leur mère par des hommes hilares, distribuant des coups de botte aux récalcitrants. Des animaux nourris dans le seul but de blanchir leur chair afin de satisfaire les amateurs d'escalopes. Des veaux anémiés en manque de fer, qui grignotent sans fin l'acier de leurs box.

Un homme tranchant à la hache la queue d'un porcelet qui grouine de souffrance et de terreur. Des porcs élevés dans des cages sans paille ni litière, demandant trop de travail d'entretien, entassés, confinés, engraissés de force et dont la chair, privée d'exercice sera tendre à souhait.

Des brebis inséminées artificiellement pour produire le lait dont sont faits les fromages, enfermées dans des hangars. Des brebis qui ne verront jamais la couleur du ciel, ni ne mangeront un brin d'herbe, en proie à des crises d'étouffement, aux pattes déformées, faute de pouvoir se tenir debout, qui bêlent leur désespoir.

Des agneaux suspendus au rail de saignée, assistant à l'égorgement de ceux qui les précèdent, conscients de ce qui les attend, qui se débattent désespérément avant de succomber.

Le noir.

Fin de la vidéo.

– 25 –

Vivante, Alma était vivante ! La découvrant sur la vidéo, Mathis n'a pu retenir un cri de soulagement, de douloureux bonheur. Parce que, oui, même s'il se l'interdisait, souvent, trop souvent, il n'avait pu s'empêcher de se poser la question.

Et si ?

Si son ravisseur, cette brute, ce pervers, venait à se lasser d'elle ? Ou si, devant la foule de followers, sa mégalomanie satisfaite, il s'en débarrassait ? Eh bien non, elle était là, bien là, magnifiquement là. Et après s'être passé plusieurs fois le film pour s'en convaincre, il avait versé des larmes de joie.

L'alarme, indiquant une nouvelle vidéo, avait sonné à 20 heures sur son portable, alors qu'il s'apprêtait à regarder les nouvelles à la télévision en grignotant une tranche de jambon. 20 heures, l'heure de la plus grande écoute, un dimanche en plus ! Et, trente minutes plus tard, alors qu'appels et messages commençaient à affluer sur les réseaux sociaux, Buisson et sa femme débarquaient chez lui, Buisson : « l'ami » en ce jour de relâche, une bonne bouteille à la main.

Tout émue, Isabelle l'a embrassé sur les deux joues : « L'espoir… » a-t-elle murmuré. Ils se sont installés dans la cuisine et Mathis a sorti les plus beaux verres – en cristal – tandis que Buisson débouchait la bouteille. Puis, les verres remplis, au point où ils en étaient, ils ont trinqué à la santé d'Alma, la « nouvelle » Alma, celle qui, indéniablement, avait pris le dessus sur la femme terrassée, vaincue, de la première vidéo.

– Même si, pour l'élégance, vous avouerez que c'est pas ça, a plaisanté Isabelle d'une voix frémissante.

Ils y sont allés de leurs commentaires.

Dans le regard de sa femme, Mathis a affirmé avoir lu une volonté, une détermination : celles de s'en sortir, revenir, lui revenir. Plus prudent, mais répugnant à gâcher l'enthousiasme de son ami, Buisson a admis qu'Alma semblait en meilleure forme, tandis qu'Isabelle regrettait de ne pas avoir apporté du champagne plutôt que du vin.

– Croyez-vous qu'elle se doute qu'on est là, derrière elle, ainsi que les milliers d'internautes qui la soutiennent ? a-t-elle demandé.

– Je ne vois pas comment elle pourrait le savoir, a répliqué tristement Mathis. La seule chose dont je suis certain, c'est qu'elle ne doute pas un instant de notre détermination à tous de la retrouver, ne jamais, jamais l'abandonner.

Déjà l'enthousiasme retombait. Pour s'écarter à tel point de la réalité, fallait-il qu'ils en aient eu besoin ! Mais lorsqu'un peu plus tard, Buisson a évoqué le syndrome de Stockholm – cette empathie que le prisonnier en vient à éprouver pour son geôlier, celui qui a droit de vie ou de mort sur lui –, Isabelle a pris la mouche. Elle connaissait suffisamment sa « petite sœur » pour affirmer qu'elle ne mettait rien au-dessus de la liberté. Pactiser avec l'ennemi ? Jamais elle ne s'y abaisserait.

L'ennemi ?

Il a bien fallu en venir à lui. Ces nouvelles images en disaient-elles davantage que les premières sur sa personnalité ? Pas vraiment, sinon que la thèse d'un défenseur de la cause animale était confirmée. Quant à son choix d'Alma, le mystère restait entier.

– Si, au moins, il avait kidnappé l'un des affreux que l'on voit torturer les animaux dans le film, à la rigueur on aurait pu comprendre, s'est révolté Mathis. Mais elle…

Aussitôt repris par Buisson.

– Comprendre ? Un kidnappeur reste un kidnappeur : aux yeux de la loi, un criminel. Quant à sa personnalité, il y a bien quelque chose de nouveau ; à en juger par l'état de ta femme, il a sans doute gardé en lui une part d'humanité, plutôt que de l'enfoncer, il l'a aidée à se ressaisir.

Un silence tremblant a accueilli cette déclaration : si seulement ! Avant que Mathis ne se souvienne d'un détail qui l'avait frappé : sa montre ! Elle ne portait pas celle, aux aiguilles lumineuses, qui ne quittait jamais son poignet, mais une autre qu'il ne connaissait pas, plus importante et avec un bracelet en acier plus épais : une montre de plongée ?

Et là, Buisson a bien dû avouer à son ami qu'on avait retrouvé sous la banquette de la voiture d'Alma sa montre au bracelet brisé. S'il ne lui en avait pas parlé avant, c'était pour ne pas le blesser davantage.

– Et moi qui croyais qu'on se disait tout, tout, tout, s'est efforcé de plaisanter Mathis.

– 26 –

« Et moi qui croyais qu'on se disait tout »… Buisson n'a plus hésité, il a révélé à Mathis ainsi qu'à Isabelle un autre élément, celui-là tragique, qu'il avait préféré garder pour lui. Alma était très probablement enchaînée. Un bref éclat de métal à sa taille, tel celui d'un maillon, semblait l'attester.

Alma enchaînée ? Une bourrasque d'incrédulité, suivie de révolte a balayé la pièce : impossible, impensable.

– Ça veut dire quoi, ton « très probablement » ? a attaqué Isabelle. Que tu cherches à nous épargner, c'est ça ?

Le silence de son mari l'a confirmé.

Bousculant celui-ci, Mathis a récupéré l'iPhone et, Isabelle penchée sur son épaule, il a fait repartir le film. Oui, l'éclat était bien là, un éclat d'horreur, de monstruosité.

Comment, mais comment, avaient-ils pu se réjouir, ne serait-ce qu'un instant de cette nouvelle vidéo ? Boire à la santé d'une femme enchaînée ? En un geste de révolte, Isabelle s'est saisie de la bouteille et a vidé dans l'évier ce qu'il restait de vin, avant de la jeter bruyamment à la poubelle. La main de Buisson est allée instinctivement à sa poche, cherchant sa pipe.

Mais non ! Sa femme avait refusé qu'il la prenne. Soi-disant par respect pour leur ami.

– Sans doute allez-vous me tomber dessus, a-t-il grommelé, mais, chaîne ou pas, je persiste à penser que le kidnappeur d'Alma a gardé en lui une petite part d'humanité. La montre qui te dérange tant, Mathis, en est la preuve. Sans doute lui avait-elle parlé de sa peur du noir.

Isabelle et Mathis ont échangé un regard. Ils n'ont pas protesté : trop envie d'y croire. Et l'argument de la montre se tenait, conforté par le visage apaisé de la détenue.

– Ça me donne une idée, a soudain lancé Mathis. Si je lui envoyais une lettre ouverte où je lui demanderais de libérer Alma ? Lettre à laquelle j'associerais tous ceux qui, dès le premier jour, m'ont apporté leur soutien ? Si tu vois juste pour la part d'humanité, qui sait s'il ne la relâchera pas ?

– Super idée ! s'est écriée Isabelle.

– Pas d'accord, a tranché Buisson.

– Et pourquoi ça ?

– Parce que, contrairement à ce que vous pensez, une telle lettre a toutes les chances de se retourner contre Alma. Imaginez que, loin d'être touché, son ravisseur ne la voie comme une provocation. « Chiche que tu la libères ». Et qu'irrité par cette initiative, il décide de ne plus nous la montrer. Ou, pire, qu'il ne se venge sur elle ?

Un silence atterré est tombé. Face au regard lourd de reproche d'Isabelle, Buisson est revenu à son ami.

– Si tu veux, retrouvons-nous demain pour en parler à tête reposée.

Il s'apprêtait à se lever quand Mathis l'a arrêté.

– Et Jean-Pierre Lefèvre ? Avec tout ça, on n'en a pas parlé. Il devient quoi ?

– D'après mes hommes, il a travaillé toute la journée à son Leclerc et à présent il dort chez lui du sommeil du juste. Et, outre qu'il n'a jamais porté la moindre attention aux animaux, nous n'avons rien trouvé qui puisse étayer les soupçons de sa femme. Il semblerait que la détestation qu'elle lui porte l'ait égarée. Nous avons décidé d'en rester là, a admis l'adjudant avec un soupir.

– En espérant que le Jean-Pierre n'aura pas vent de la dénonciation de sa Liliane, a lâché Isabelle. Parce qu'à sa place je ne serais pas trop content. Si vous voyez ce que je veux dire.

Ils voyaient très bien.

Un peu plus tard, resté seul, Mathis a rallumé son portable. Le déferlement redouté par Buisson était en marche. Il s'est contenté de répondre à ses parents et à Alix. Les autres attendraient demain. Les journalistes à sa porte ? Il a fermé tous les volets de la maison en espérant qu'ils le croiraient absent. Sans grande illusion.

Tiens, étonnant que son beau-père ne se soit pas manifesté. Il n'aurait plus manqué que lui.

– 27 –

Des coups violents frappés à la porte réveillent Mathis en sursaut. 6 h 45. Les journalistes ? Non, pas si tôt. Et pas le genre à s'annoncer de cette façon : eux, c'est plutôt en catimini qu'ils agissent.

Il se lève, enfile un peignoir et fonce dans l'entrée. Cette voix qui gueule, lui ordonnant d'ouvrir, il la reconnaît, c'est celle de Benoît Vignon, son beau-père – que justement, il évoquait hier ! Venu de Cavaillon ? Cinq cents kilomètres à rouler de nuit, dont une partie dans la neige ? Résigné, il tire le verrou. Un bulldozer le bouscule.

– Ma fille entre les mains d'un fou furieux et vous aux abonnés absents, qu'est-ce que vous vouliez que je fasse ?

Non rasé, visage dévasté, regard hagard, c'est un père désespéré que Mathis a en face de lui. Ne trouvant aucun mot pour l'apaiser, il se contente de lui faire signe de le suivre à la cuisine.

Alma aimait à dire que la cuisine – lieu de vie par excellence – là où l'on boit et se nourrit est propice aux rires comme aux règlements de comptes : les y voilà.

– Vous vous cachez de quoi ? ironise à présent Vignon en désignant les volets fermés.

– Des journalistes.

– Eux, au moins, ils se bougent les fesses.

Sans répondre, Mathis met la cafetière en route, pose bol et couverts sur la table. Son beau-père va à l'évier, attrape un verre sur l'égouttoir, un beau verre en cristal, un beau verre de fête, le remplit d'eau, le vide d'un trait, avant de tomber sur une chaise.

– Vous l'avez vue, hier ? Un zombie à la botte de son prédateur. Pour moi, y a pas photo, il se l'est tapée.

Et, à cet instant, Mathis le hait.

Bien sûr qu'il y a pensé. Pourquoi le « prédateur » s'en serait-il privé ? Mais de toutes ses forces il a rejeté cette idée. D'ailleurs, Buisson n'a jamais évoqué la possibilité d'un viol, n'est-ce pas une preuve ? « Pour t'épargner », glisse perfidement Isabelle à son oreille.

Machinalement, Mathis verse le café dans les bols, pousse lait et sucrier devant son beau-père.

– Excusez-moi, c'est la fatigue, je ne sais plus ce que je dis, grommelle ce dernier.

Durant un instant, on n'entend que le tic-tac de la pendule et le tintement des cuillères dans les bols.

– Et Héléna ? finit par demander Mathis.

– On dirait bien que c'est elle la plus costaud.

Bien sûr ! Et aussi la plus positive. L'infirmière qui panse les corps et les cœurs. Et elle, elle tutoie Mathis, alors que son balourd de mari, même s'il a accepté son mariage, peine à cacher sa jalousie envers celui qui lui a « volé » sa fille.

Après avoir bu quelques gorgées de café, ce dernier réattaque.

– Et vous en êtes où avec votre ami l'adjudant ? Comment il s'appelle, déjà ? Ah oui : Buisson. Comme ceux derrière lesquels il se cache pour n'avoir pas à se mouiller.

C'est tellement gros que Mathis en sourirait presque. Alma en rirait.

– J'ai rendez-vous avec lui à 9 heures, lui apprend-il. Si vous le désirez, nous pourrons y aller ensemble. Il vous expliquera la complexité de la situation.

Et là, un simple grognement lui répond.

Benoît Vignon sort à présent de sa poche une pipe et une blague à tabac. Sans se soucier de lui, il commence à bourrer sa pipe. La pipe, une autre singularité de son beau-père qu'il avait oubliée. Tout en tirant de longues bouffées, il frappe de sa botte les pieds de sa chaise. La bonne grosse botte en cuir tanné, griffé par les ronces, du chasseur-arpenteur de forêts. Encore une fois, l'idée effleure Mathis que le ravisseur aurait pu viser la fille du chasseur « invétéré », comme on dit des fanatiques. Il s'est toujours refusé à lui en parler. À quoi bon le culpabiliser ?

Il se lève et va ouvrir le réfrigérateur. Le reste des lentilles à la morteau, destiné à Alma le soir de son enlèvement, le nargue de sa boîte en plastique. Il faudra bien qu'il se résigne à le jeter.

– Voulez-vous manger quelque chose ? Du fromage ? Des fruits ? propose-t-il à Benoît.

– Merci non, ça ira comme ça, bougonne ce dernier. Puis, désignant la pendule, les aiguilles non loin de 8 heures : Alors, on va le voir, votre adjudant ?

– Le temps de prendre une douche et m'habiller, répond Mathis. Et il ajoute : Venez, j'ai quelque chose à vous montrer.

De mauvaise grâce, Vignon se lève et le suit dans le living, jusqu'à la porte du cagibi d'Alma. Mathis l'ouvre et allume.

Devant le bric-à-brac, le bureau surchargé de dossiers, une guitare-regrets d'enfance, les photos partout, son beau-père écarquille les yeux. C'était bien ce que pensait Mathis, il est le seul à qui Alma a parlé de cet endroit et il en éprouve une absurde fierté.

– Le royaume de votre fille, le lieu sacré réservé à elle seule, lui explique-t-il avant de le laisser.

Une fois dans sa chambre, Mathis a appelé Buisson pour l'avertir qu'il viendrait accompagné de Benoît Vignon. Celui-ci connaissait son caractère « entier ».

– On fera avec, a-t-il répondu avec humour. Et n'oublie pas que ton Alma aime beaucoup son papa.

On parle de « mort vivant ». Au sortir de sa douche, se regardant dans la glace, Mathis a vu le visage d'un « amputé vivant » de son Alma.

Lorsqu'il est revenu dans le living, Benoît se tenait toujours devant la porte du cagibi. Plus de pipe. Il a tendu à son gendre une photo qu'il avait détachée du mur. Elle représentait Alma, adolescente, posant avec Constatin, son petit frère, devant ses parents. Son « papa », une main protectrice sur son épaule.

– Est-ce que vous voudriez bien me la confier ? J'en ferai un tirage et vous la rendrai très vite, lui a demandé celui-ci, un sanglot dans la voix. S'il te plaît, a-t-il ajouté.

– Garde-la. Et prends toutes celles que tu veux, lui a répondu Mathis.

– 28 –

Germain Buisson savait Benoît Vignon hargneux, colérique, « entier », comme il l'avait lancé avec humour à son ami au téléphone. Il aurait pu ajouter « tête de mule ». Tout comme Mathis en l'occurrence.

Face aux deux hommes assis en face de lui, deux regards noirs, deux fronts butés, il a douté de parvenir à les convaincre qu'adresser une lettre ouverte au ravisseur serait une grave erreur qui risquait de se retourner contre celle-là même qu'ils entendaient protéger : la fille de l'un, la femme de l'autre.

Avant de venir, ils en avaient rédigé les grandes lignes et la lui ont soumise : une sorte de « J'accuse ! », à la Zola, prenant le pays pour témoin. Un ordre, une injonction, une mise en demeure.

Et ce n'était pas tout.

– Dès demain, j'ai l'intention d'organiser une marche blanche, afin d'appuyer mon appel. Je suis sûr qu'il y aura foule, a déclaré Mathis.

Approuvé vigoureusement par Vignon.

Germain a passé une main lasse sur son front.

– Déjà, cette lettre ouverte est une déclaration de guerre. Si vous y ajoutez votre marche blanche – pardon de me répéter – vous allez droit au désastre.

– Qu'en savez-vous ?

C'était le beau-père qui avait parlé, d'une voix agressive, presque méprisante. Et, durant un instant, Buisson a été tenté d'en rester là. Après tout, qu'ils l'envoient leur foutue lettre, on verrait bien.

Son regard est allé à la photo qui le représentait avec Isabelle et leurs deux enfants. Il a regretté qu'elle ne soit pas venue avec lui. La veille, rentrés à la maison, il avait réussi à la convaincre de la nocivité de cette lettre ouverte et du retentissement catastrophique qu'elle pourrait avoir pour Alma. Chez Isabelle, la raison finissait toujours par l'emporter. Pour elle, il a fait une dernière tentative.

– Avez-vous pensé qu'en demandant au kidnappeur de libérer Alma, c'est comme si vous lui demandiez de se rendre ? Car son témoignage pourrait bien nous permettre de remonter jusqu'à lui.

Les deux hommes ont échangé un regard troublé. Apparemment, ce « détail » leur avait échappé.

D'un geste machinal, Buisson a pris sa pipe dans le tiroir de son bureau et, sans plus s'occuper d'eux, il l'a bourrée, allumée, et en a tiré une longue bouffée salvatrice.

Pour qu'une situation se débloque, il suffit parfois d'un détail. En sortant sa pipe, Buisson ignorait qu'il avait en face de lui un autre « Capitaine Haddock », comme Alma se plaisait à l'appeler et, lorsqu'il a vu Benoît Vignon tirer de sa poche une bouffarde digne du fameux capitaine, puis sacrifier au lent cérémonial de tout fumeur de pipe qui se respecte, il a compris qu'il leur serait possible de trouver un terrain d'entente.

– Je sais n'être pas en mesure de vous empêcher d'envoyer cette lettre, ni d'organiser cette marche blanche, a-t-il repris. Tout ce que je vous demande est de bien vouloir m'écouter. Ensuite, ce sera à vous de juger.

Il s'est tourné vers Mathis :

– Tu as une autre façon d'agir, à mon avis bien plus efficace et moins dangereuse que ta lettre. Adresser directement au kidnappeur un message personnel, en lui demandant de faire preuve de cette humanité dont, comme moi, tu ne doutes pas. En as-tu parlé à Benoît ?

Il avait, intentionnellement, appelé ce dernier par son prénom. Entre fumeurs de pipe…

– Avant de venir, nous nous sommes passé plusieurs fois la vidéo et Benoît a vu la montre lumineuse, s'est contenté de répondre Mathis.

Et, cette fois, son beau-père n'est pas intervenu.

Buisson s'est levé.

– Je ne vous ai même pas offert à boire : un café ? Autre chose ?

– Merci, non, rédigeons plutôt ce message, a répliqué Mathis d'une voix bourrue.

– À tes ordres, camarade.

Avant de revenir s'asseoir, Buisson est allé à la fenêtre. C'était bien ce qu'il lui semblait : quelques flocons de neige, flocons de printemps, voltigeaient dans l'air tandis qu'au loin, du côté du Mont d'Or, un pâle soleil commençait à percer : un pâle espoir.

Et c'est animé par cet espoir qu'il a empoigné son stylo.

– Tout d'abord, Mathis, tu devras t'engager vis-à-vis de ton interlocuteur à ne pas porter plainte contre lui. Et là, c'est « l'ami » qui parle, pas le gendarme, a-t-il ajouté. Et un double sourire lui a répondu. Il faudra, bien sûr, éviter toute agressivité, le but étant qu'il te lise jusqu'au bout, a-t-il poursuivi.

– D'accord. Un nouveau sourire.

Ne restait plus qu'à s'y mettre.

Pour être percutant, un message doit être le plus court possible : droit à l'essentiel. Il leur a fallu un certain temps pour trouver la bonne formule. Au final : quatre lignes.

« Monsieur, qui que vous soyez et quelle que soit la raison pour laquelle vous avez enlevé ma femme, je vous prie instamment de me la rendre. Je sais pouvoir compter sur votre humanité. Je m'engage à renoncer à toute action contre vous. »

Message auquel, au dernier moment, Mathis a tenu à ajouter : « Je vous en supplie, monsieur, je ne peux pas vivre sans elle. » Et cette phrase, peut-être maladroite mais venant du fond de sa douleur, a brûlé les yeux de Buisson, tandis que Benoît Vignon se détournait.

Adopté !

Ne restait qu'à envoyer le message sur le compte privé du ravisseur d'Alma. Mathis s'est saisi de la petite boîte rectangulaire qui, à la fois, peut nous apporter le meilleur et le pire, et il y a pianoté durant quelques secondes.

« Message envoyé », s'est inscrit sur l'écran.

Dehors, la neige avait cessé de tomber. Le bleu, gagné.

– 29 –

Ce matin-là, quand Alma se réveille, son premier regard est pour le ciel. La veille, la neige est tombée, neige mêlée de soleil qui, finalement, ne lui a pas déplu, lui rappelant les vacances de Pâques, quand sa grand-mère lui disait : « Regarde, c'est le grand nettoyage là-haut », tandis que de partout affluaient les touristes.

Il y avait les stations connues comme Les Rousses, Métabief ou Saint-Georges, et celles près de Saint-Point, destinées aux amateurs de luge, ski de fond, raquettes ou balades en traîneau, d'où l'on pouvait admirer le paysage à satiété. Enfant, elle aimait se mêler aux vacanciers et, lorsqu'ils s'extasiaient devant toute cette beauté, elle se sentait fière comme si elle lui appartenait. Ce qui était vrai.

En attendant, il fait frisquet et Alma enfile le gros pull de laine blanche torsadée que lui a offert Paul récemment. Brrr… on peut dire qu'il tombe à pic. Et lui plaît particulièrement, pour une fois à sa taille.

Elle se demande souvent comment il peut si bien deviner ce qui lui manque, ce dont elle a le plus besoin. D'abord la lampe, suivie de la montre lumineuse pour pallier sa peur du noir. Puis le lot de petites culottes, vitales pour sa dignité et, tout récemment, ce thermos qui lui permet de prendre des petits-déjeuners chauds : de plus modestes présents mais qui agrémentent son quotidien. Sans oublier la nourriture spirituelle : le CD des Beatles.

Et, pour couronner le tout, ce sourire d'enfant lorsqu'elle le remercie et, depuis peu, ces phrases qui lui montrent qu'elle a réussi à lui rendre la parole.

Elle sort de ses trois murs, direction le seau en plastique bleu. Et là, aucun plaisir : sa plus grande honte ! Ce seau dont elle est bien obligée de se servir – pour tout –, que Paul vide et rince à chacune de ses visites tandis qu'elle voudrait disparaître sous terre. Mais, s'y dirigeant, elle se fige : à la place du seau, ne voit-elle pas une cuvette blanche ?

Elle s'en approche à petits pas, ahurie, incrédule. Et, y parvenant, face au tuyau qui passe sous le grillage – menant à une arrivée d'eau ? –, elle comprend qu'elle ne s'est pas trompée. Elle se trouve devant un WC à broyeur. Alors, lentement, elle baisse sa culotte, s'assoit, s'oblige à uriner – deux feuilles de papier – puis elle appuie sur la manette et tout disparaît dans un bruit d'enfer – de paradis… Comme une gamine, elle attend un peu, renouvelle la manœuvre et la même aspiration bruyante se produit.

Et son soulagement est double, car selon ses calculs, elle devrait avoir bientôt ses règles. Ce sanitaire la sauvera !

Mais, comme elle revient dans sa chambre, la réalité la rattrape : s'imagine-t-elle, installée sur cette cuvette les trois jours où coulera son sang ? Sans tampons ni protections, elle ne lui servira à rien.

Allez ! Elle ne va pas se laisser gâcher son plaisir ! Tout en faisant une petite toilette à l'aide de l'eau propre du seau, retrouvé plus loin, elle se demande comment Paul a réussi à installer ces WC. Pour cela, il faut de l'adresse, du savoir-faire, du « métier », comme on dit. Elle s'est souvent interrogée sur le sien et ses fines mains blanches l'ont incitée à penser qu'il travaillait dans un bureau. Se serait-elle trompée ?

Et comment a-t-il pu œuvrer sans qu'elle l'entende ? À moins... À moins, qu'il n'ait mêlé un somnifère à sa nourriture ? Ne s'est-elle pas sentie vaseuse ce matin à son réveil ?

Stop, Alma ! Cesse de divaguer.

« Divaguer », sa terreur depuis son réveil ici. Délirer, dérailler, perdre la boule, le nord, la tête. Sombrer dans cette nuit qu'aucune lumière ne peut éclairer puisque c'est nous-mêmes qui la créons.

Une soudaine prise de conscience la poigne. En soupçonnant Paul d'avoir mis un somnifère dans sa nourriture hier alors qu'il ne pouvait savoir ce qu'elle mangerait, bien sûr, elle divaguait. Et elle divaguait aussi le jour où elle l'avait pris dans ses bras, le confondant avec Tristan, un enfant innocent. Et elle divague encore quand, chaque matin, elle le remercie pour les cadeaux qu'il lui apporte, lui, son geôlier.

Terminé !

Suivant les maillons de sa chaîne, Alma parvient au cadenas qui la fixe à l'anneau scellé au mur de sa chambre. Sa « chambre » ? Ces trois panneaux de béton dont un lui sert de calendrier, sur lequel chaque matin, telle une élève appliquée, elle trace les croix de son calvaire. Sans trop appuyer pour que le pauvre chéri qui l'a enlevée, enchaînée, arrachée aux siens, ne risque pas, les découvrant, d'en éprouver du remords.

Où est passée la femme libre qui ne recevait d'ordres de personne ? Celle qui se riait des obstacles et clamait haut et fort que tout problème trouve sa solution et que l'épreuve vous rend plus fort ?

Est-elle vraiment devenue cette loque qu'une cuvette de WC suffit à remplir de bonheur ?

Sa décision est prise. Aujourd'hui, ce matin, elle obtiendra de Paul qu'il la libère. Au moins que, dans un premier temps, il lui retire sa chaîne. Il l'aime : avec un peu de doigté, elle devrait y arriver.

– 30 –

Paul semble tout heureux lorsqu'à l'heure habituelle il fait coulisser le grillage. Heureux de son super cadeau ? Attendant qu'elle l'en remercie ? Mêmes vêtements « améliorés » que la veille, sac à dos bourré ; par d'autres présents ?

Alma aussi a tenté de se faire belle en lavant ses cheveux et les coiffant en chignon. La coiffure préférée de Mathis : « Toi, ma reine... » Dès qu'elle le voit venir, elle se lève, désigne les toilettes et, gravement, lui dit merci avant de s'emparer de sa main et le mener quelques mètres plus loin, là où elle a préparé la surprise.

– Aujourd'hui, Paul, je t'invite à déjeuner.

Déconcerté, il regarde les deux assiettes posées sur un carton renversé en guise de table, les couverts, les gobelets, les serviettes, le tout en papier ou en plastique mais quelle importance ? Elle saura le lui faire oublier.

Le regard de Paul s'arrête à présent sur le « festin » qu'elle a préparé pour lui. Disposé sur deux assiettes rassemblées en guise de plat : pâté, jambon, tomates cerises, fromages variés, yaourts et pommes, tous fruits de sa générosité.

– Ça te plaît ?

Il lui adresse un sourire un peu tremblant : celui de quelqu'un peu habitué à la gentillesse, aux cadeaux, et qui hésite à se réjouir, ne sait comment remercier. Alors, tout simplement, Alma s'assoit en tailleur devant son assiette et il l'imite.

Elle lui tend fourchette et cuillère :

– À toi l'honneur.

Sans répondre, il les prend et pioche une tranche de jambon, quelques tomates, un bout de fromage puis, elle-même servie, ils commencent à déguster.

Allez, Alma. Il est temps !

– Je peux te poser une question, Paul ?

– Si tu veux.

– Tu parles de Tristan comme si tu le connaissais, est-ce que, par hasard, tu l'aurais rencontré ?

– Oui. Mais on s'est pas parlé.

Décidément, il la surprendra toujours ! Il lui a répondu sans hésiter, comme si sa question allait de soi. Dire qu'elle avait hésité à la lui poser.

– Et pourquoi me demandes-tu ça ? s'enquiert-il de la même voix tranquille après avoir croqué une tomate cerise. C'est qu'à son âge j'aurais bien voulu aller dans un Centre comme celui où tu travailles. Et y être accueilli par quelqu'un comme toi, ajoute-t-il avec nostalgie.

– À son âge ? À propos, tu ne m'as pas donné le tien, glisse-t-elle mine de rien.

– Bientôt 20 ans.

– Et quand, exactement ?

– Tu vas rire : le 31 avril, raté pour les clochettes.

Elle ne rit pas. Elle détache la fine chaînette d'argent de son cou et la lui tend.

– Un cadeau de ma mère pour mes 7 ans. J'y tiens beaucoup. Je te la prête pour que tu la portes le jour de tes 20 ans. Et, promis, tu entendras sonner les clochettes.

Avec une sorte de timidité, Paul s'en saisit, y pose brièvement ses lèvres et la glisse dans sa poche. Et comme Alma verse du jus de fruits dans son gobelet, il demande :

– Le vin, tu aimes ?

– De temps en temps, lors des fêtes. Et dans de vrais verres, pas dans des gobelets en carton. Et de belles coupes pour le champagne.

Des coupes, de belles coupes… Soudain elle revoit celles en cristal, sur l'étagère de sa salle à manger et son cœur se serre. Il lui semble en sentir le poids dans sa main.

– Le champagne, ça te plairait si je t'en apportais ? continue Paul sur sa lancée.

– Bien sûr. À condition que nous le partagions.

Le regard de Paul s'illumine. C'est maintenant ou jamais.

Alma soulève son pull, lui montre les maillons de sa chaîne.

– Mais, pour boire du champagne, il faudra que tu me la retires. Parce que, tu vois, ça ne va vraiment pas avec.

Soudain, Paul s'est figé. Dans son regard, un mélange de sentiments : l'amour, bien sûr, mais aussi une interrogation, une crainte, une prière ? Alors, elle se lance et, cette fois, elle dit tout d'un trait pour s'obliger à aller jusqu'au bout.

– Écoute-moi, mon Paul. Ce matin, j'ai réfléchi. Loin de la maison, des miens, j'ai parfois l'impression de perdre la tête. Alors, je t'en prie, retire-moi cette chaîne, laisse-moi partir. Ce n'est pas pour ça que nous nous verrons moins, au contraire. Et nous nous verrons mieux, d'égal à égal, en partenaires. Quant à la justice, tout ça, tu n'as pas à t'en faire, j'ai un plan. Voilà ce que nous…

– NON !

Paul l'a hurlé. Et, d'un bond, il est debout, le visage déformé par la fureur, un regard qui la foudroie. À présent, il piétine les couverts, les victuailles, envoie valdinguer la bouteille de jus de fruits contre le grillage. Alma se recroqueville : pour la première fois, il lui fait peur. Elle le sent capable de tout.

Elle a tout foiré. Depuis le début : le premier regard, le premier mot, la première phrase, le premier sourire. En décidant d'apprivoiser Paul, en le sortant de sa solitude, en l'aidant à grandir, à prendre confiance en lui, en l'amenant à l'aimer, elle tissait son propre piège.

Elle attendait qu'il la libère, il ne peut plus se passer d'elle.

– 31 –

Quand la douce Marie-Paule Gosselin, hélas atteinte de leucémie, était venue trouver son frère, Albert, propriétaire d'une scierie du côté des Grangettes, petite commune du Doubs, pour l'implorer, des sanglots dans la voix, de s'occuper de son fils, Paulin, 15 ans, lorsqu'elle serait partie, bien sûr il avait dit oui. N'était-il pas le parrain du garçon ? Et le devoir d'un parrain n'est-il pas de prendre l'enfant en charge lorsque ses parents ne sont plus là ?

Le souci était que Marc, le père de Paulin, était là, et bien là, et qu'il ne laisserait personne lui prendre son fils, même s'il ne cessait de lui crier après en le traitant de mauviette, de demi-portion ou de couille molle, pour son refus obstiné de travailler un jour avec lui dans sa boucherie.

Paulin boucher ? Une hérésie. Nul n'ignorait qu'il vouait une passion aux animaux et mourrait plutôt que de mettre la main dans une carcasse.

Pour compliquer les choses, Fiona, la femme d'Albert, lui avait déclaré tout net qu'il était hors de question qu'elle abrite jamais chez elle « ce » Paulin. Et dans le « ce », tout était dit :

l'enfant que l'on désigne du doigt, le différent, le « caractériel ». Qualificatif employé par le médecin de famille alors que Paulin venait d'avoir 5 ans. Traduction : « victime de graves troubles de la personnalité ».

Aucun caractériel n'est le même. Inadaptés, asociaux, incapables de nouer une relation durable avec les autres ou de s'intégrer professionnellement. Et, plus grave, sujets à des crises de délire, d'imprévisibles fureurs qui les rendent dangereux pour eux-mêmes et pour les autres. Bref, des êtres en grande souffrance.

Si, au moins, un traitement avait existé pour cette pathologie ! Mais non, seulement des calmants en cas de crise et à condition que le patient daigne les prendre. De guerre lasse, Marie-Paule avait fait appel à un psychologue, mais les quelques séances avec Paulin s'étaient révélées improductives. Douceur, compréhension, amour, avait-il conseillé à sa mère.

Tout ce que Fiona était incapable de donner.

À sa décharge, au début de son mariage avec Albert, elle avait subi une fausse couche, suivie d'un curetage mal fait, qui avait mis fin à ses espoirs d'être mère. Alors, l'idée d'avoir à accueillir chez elle « ce » garçon mal foutu qu'elle n'aimait pas lui était insupportable.

Il arrive que la vie s'emballe. Un mois après sa visite à son frère, Marie-Paule succombait à sa maladie. Trois jours plus tard, au lendemain de l'enterrement, c'est Marc, le père de Paulin, qui périssait dans l'incendie de son appartement, situé au-dessus de sa boucherie. Par bonheur, Paulin n'était pas là. L'enquête avait conclu à un court-circuit.

Ainsi, tout naturellement si l'on peut dire, le filleul d'Albert atterrissait aux Grangettes. Et face à l'ampleur du drame, Fiona se contentait de déclarer que, moins elle verrait son neveu, mieux elle se porterait.

Aidé par son parrain qui avait bien l'intention de l'embaucher à la scierie, Paulin venait d'entrer dans un lycée professionnel à Moirans-en-Montagne où il étudiait les métiers du bois. Intelligent, adroit de ses mains, il y avait passé les trois années nécessaires à l'obtention de son diplôme. Le tout sans crise majeure, juste quelques grosses colères dont il s'était par la suite sincèrement repenti et qui avaient conduit le directeur de l'établissement à lui octroyer une chambre particulière – aux frais de son parrain. Paulin : un « caractériel léger », avait conclu celui-ci, soulagé. Et, comme prévu, son diplôme en poche, il était entré à la scierie.

Il loge dans une annexe, loin des yeux de sa tante : un minuscule appartement avec salle de douche et kitchenette où il prend son petit-déjeuner et son repas du soir. Il travaille bien et semble se plaire dans sa nouvelle vie. Aussi souvent qu'il le peut, quand il n'écrit pas de la poésie, des vers pas si mauvais que ça, ma foi, il travaille à la SPA ou dans d'autres associations. La violence faite aux animaux, ceux qui ne peuvent pas se défendre, l'insupporte. Comme celle que lui infligeait son père ?

Il rêve d'avoir un chien. Albert a décidé de lui en offrir un pour son anniversaire, ses 20 ans, le 31 avril prochain. Et tant pis pour Fiona.

Bref, tout roule à peu près.

– 32 –

Mais depuis quelque temps, Fiona recommence à s'énerver. D'un jour à l'autre, Paulin a cessé de déjeuner à la cantine. Il file dès midi avec un sac bourré et, lorsqu'il revient, le sac est vide. Il n'en faut pas plus à sa tante pour le soupçonner de vol. Selon elle, de la nourriture disparaît, des outils aussi. Un compagnon s'en est plaint. Et, comme par miracle, l'outil est réapparu le lendemain. Ce ne peut être que Paulin, il faut que ça cesse.

Albert a, lui aussi, constaté un changement de comportement chez son filleul mais lui s'en réjouit. Ne voilà-t-il pas qu'il lui arrive de sourire ? Porter plus d'attention aux autres ? Du jamais vu. On dirait presque qu'il est heureux. Et, pour son parrain, l'explication est simple : Paulin est amoureux. Il a interdit à Fiona de lui en parler ; elle serait bien capable de gâcher son bonheur. Quant à la nourriture qui disparaît, ce n'est pas du vol. Leur neveu se contente de prendre de quoi pique-niquer avec sa belle.

Sa « belle » ? Fiona a explosé. Il ne manquerait plus qu'il fréquente une autre détraquée ! Il faut l'être pour s'attacher à ce Paulin. Et à quand la tripotée d'enfants ? Ces gens-là, c'est bien connu, se reproduisent comme des lapins. Pas de ça chez elle.

Et c'était tellement outrancier qu'Albert a ri.

Il ne rit plus.

Et, ce matin, il a piqué une grosse colère contre sa femme : une première. N'a-t-elle pas osé lui dire qu'elle soupçonnait Paulin d'avoir enlevé Alma Delorme, cette pauvre femme, victime d'un cinglé qui la retient prisonnière dans une étable et dont la presse fait ses choux gras ?

D'abord, il est resté sans voix. Puis il a demandé à Fiona sur quelles preuves elle s'appuyait.

– Dès qu'on parle d'elle à la télé, Paulin est scotché à l'écran alors qu'avant il ne la regardait presque jamais, lui a-t-elle envoyé.

Ensuite, s'introduisant dans sa chambre en son absence, elle a découvert une grosse pile de journaux traitant de l'affaire. Si on y ajoute son comportement bizarre, c'est clair, c'est bien lui le coupable.

– Avec de telles preuves, les trois quarts des Français pourraient être suspectés, a répliqué Albert.

Avant de l'avertir d'une voix sans appel que si jamais elle parlait à quiconque de ses élucubrations, c'est bien simple, il la flanquerait dehors. Aux dernières nouvelles, c'est à lui que la scierie appartient.

Fiona n'a pas daigné répondre.

– 33 –

Après le départ de Paul, Alma était restée un long moment prostrée, ses hurlements continuant de retentir dans sa tête, ce « NON » comme le couperet d'une guillotine.

Comment, mais comment, avait-elle pu oublier le diagnostic qu'elle avait établi sur lui dès le premier jour de sa détention ? Un désaxé, un homme sans repères, sans équilibre, incontrôlable.

Et comment n'avait-elle pas compris que tous ses efforts pour l'apprivoiser ne lui serviraient à rien, au contraire. Que chaque pas vers lui la mènerait à se piéger elle-même. Mais le pire, l'incompréhensible, l'impardonnable, comment avait-elle pu s'attacher à lui… Jusqu'à l'aimer ?

Un peu plus tard, elle s'était relevée péniblement, avait retourné la table-carton et jeté dedans le pitoyable « festin » à peine entamé, puis l'avait porté le plus loin possible dans le cliquetis assourdissant de sa chaîne. Avant de se réfugier dans sa chambre. Sa « chambre », ces trois murs de béton où chaque matin, elle traçait les croix de son calvaire ? Des croix discrètes afin que Paul, le pauvre chéri, ne risque pas d'en être perturbé.

Paul ! Son bonheur lorsqu'il lui avait offert son prénom : « Le plus beau des cadeaux, qui changera tout », l'avait-elle remercié. Qui n'avait rien changé et ne changerait rien.

Et, pour la première fois, elle l'avait détesté.

Récupérant la bouteille de jus de fruits en bas du grillage, elle s'était fait une remarque avec un reste d'humour : un verre de vin, bu dans n'importe quel récipient, et même au goulot, lui aurait fait le plus grand bien.

14 heures à sa montre, la belle montre qui l'avait rendue si heureuse, si pleine de reconnaissance pour son « bienfaiteur » après qu'elle lui avait confié sa peur du noir. Elle a laissé retomber son poignet. À quoi bon la consulter si toutes les heures, tous les jours, les mois, pourquoi pas les années, seront les mêmes, sans nouveauté ni éclaircies, le monotone ruban de sa liberté perdue, les aiguilles lumineuses n'éclairant plus que son désespoir ?

Elle a fermé les yeux, s'est laissée tomber en arrière : renoncer, cesser de se battre, capituler.

Non, Alma ! Allez, relève-toi, affronte.

« Non », « non », elle l'a répété plusieurs fois à voix haute, en réponse à celui de Paul, puis elle a rassemblé ses forces et s'est redressée, appelant les siens à la rescousse : Mathis, ses parents, Germain et Isabelle, Alix, tous ceux qui devaient la chercher partout et auxquels elle avait envie de crier : « Au secours, je suis là, vite, sauvez moi. »

Bien sûr, Buisson avait dû mobiliser tous ses effectifs pour la retrouver, aiguillonné par Mathis, Isabelle. Une fois de plus, elle s'est demandé où ils en étaient. Avaient-ils découvert des indices ? Suivaient-ils une piste ? Et sa voiture, sa belle

« Vertigo » dont elle était si fière : son dernier souvenir avant de se réveiller ici, leur avait-elle fourni des indications ?

Aidé par son mari, Buisson avait forcément épluché toutes ses connaissances, ses relations, dont celles au Centre. Le Centre, seul espoir d'Alma. Que quelqu'un – pourquoi pas Alix ? – ait repéré Paul. Ne lui avait-il pas parlé à maintes reprises de sa fascination pour celui-ci ? Et avoué qu'il avait rencontré Tristan ?

Isabelle lui est apparue ; avec son humour, sa détermination, sa confiance en elle, en la vie. Elle l'a entendue : « Ça va, la belle ? » Alma aimait quand sa « grande sœur » l'appelait ainsi, lui offrant la moitié de son prénom. Qu'aurait-elle dit si elle avait pu voir sa « belle » dans la paille, dans cet état pitoyable ? Elle a entendu sa voix : « Reprends-toi, défends-toi, bats-toi. »

Elle lui a promis d'essayer.

Plus tard, elle a utilisé les sanitaires, ce « trône » dont elle avait pensé qu'il changerait sa vie alors qu'au contraire il était la preuve que son geôlier, oui, son geôlier, avait l'intention de la garder longtemps ici. Tiens, si elle lui demandait une salle de bains ? Ou pourquoi pas une cuisine, une chambre avec un grand lit ?

Elle a ri. Admire, Isabelle !

Le soir venu, incapable de manger, elle s'est contentée de boire, et boire encore, pensant à Constantin, son petit frère, qui prétendait n'avoir jamais soif. Sa façon à lui de dire qu'il en avait assez de vivre. Elle s'en est voulu d'avoir parlé de lui à Paul : il n'en était pas digne.

Pardon, Constantin.

Avec ce qu'il restait d'eau dans le seau, elle a fait sa toilette et, sur une impulsion, elle a ajouté les vêtements portés aujourd'hui aux restes du « festin » dans le carton à ordures : contaminés.

Puis, étendue sur son duvet, elle a cherché en vain le sommeil, regrettant ces somnifères que, comme une idiote, elle avait soupçonné Paul d'avoir mêlés à sa nourriture alors que – un comble – ils l'avaient réveillée en lui prouvant qu'elle débloquait.

Ce n'est qu'à l'aube qu'elle s'est endormie.

– 34 –

Il est près de 8 heures lorsqu'elle se réveille. Une envie pressante l'envoie sur la cuvette. À force de boire… Faim ? Toujours pas. Pour récupérer un peu de force, elle s'oblige à prendre un p'tit-déj'. Un « petit-déjeuner », cette eau tiédasse dans un bol en plastique, cette tartine de pain rassis sans beurre, ce jus de fruits industriel qui l'écœure d'avance ? Dans la cuisine que Paul lui offrira, elle lui demandera de ne pas oublier réfrigérateur et grille-pain. Bien sûr, il devra agrandir son espace, ajouter quelques maillons à sa chaîne. Ça ne devrait pas lui poser de problème.

De retour dans sa « chambrette », ah ah, le regard d'Alma file vers le mur aux croix. C'est le moment d'inscrire celle du jour. Elle ramasse la pierre-crayon mais, au dernier moment, sa main hésite. À quoi bon la tracer si demain sera semblable à aujourd'hui ? Rien de nouveau à l'horizon, la morne plaine d'une bataille perdue ?

Allez, Alma, reprends-toi !

Et bien sûr qu'elle va la tracer, cette croix. Mais cette fois sans se gêner, en forçant le trait pour que Paul la voie :

« Regarde ce que tu as fait de mes jours ! » Un instant, elle songe à grossir les précédentes mais elle a mieux à faire : se préparer à recevoir le gardien du cimetière.

Plus d'eau pour sa toilette dans le seau. Tant pis, elle utilise celle de la cuvette. Puis elle enfile n'importe quels vêtements : le temps est révolu de la séduction. Pull épais, jean masculin, grosses chaussettes. Et ensuite, elle s'installe sous la verrière : son lieu favori de réflexion.

10 h 30. Dans deux heures, Paul sera là. Comment l'accueillera-t-elle ? Elle a ruminé la question une bonne partie de la nuit.

Première option : lui faire la gueule, ne pas le regarder, ne pas lui parler ni lui répondre. « Je n'ai plus rien à faire de toi. »

Deuxième option : grève de la faim. Toute la nourriture qu'il lui apportera direct à la poubelle. À moins que ce ne soit dans les sanitaires. « Tu veux ma mort ? Tu l'auras. »

Troisième option : la manière forte. Trouver une arme, l'assommer par surprise, s'enfuir.

Allez, Alma, il est temps de te décider.

Lui faire la gueule, bouder comme une gamine ? Pas elle, pas ça. Grève de la faim ? Perdre peu à peu ses forces, son énergie, sa volonté ? Devenir une loque ? Pas question. Si elle doit mourir, elle mourra debout.

Trouver une arme.

Il était plus de 13 heures lorsque Paul est apparu. Ce retard pour la punir ? Lui donner une leçon ? Toujours assise sous la verrière, Alma n'a pas bronché, attendant de voir.

Après avoir fait coulisser le grillage, il a laissé tomber son sac sur le sol et s'est assis près d'elle. Un peu plus loin que la veille ?

– Pardon, a-t-il murmuré.

Et, malgré tout, Alma s'est sentie soulagée.

En réponse, elle s'est contentée d'incliner la tête, ne se privant pas de l'observer du coin de l'œil. Le fou furieux avait disparu, le petit garçon était de retour. Confus et repentant ? Espérant renouer le dialogue ?

Face à son silence, il s'est décidé.

– Ton mari, il fait quoi exactement à la mairie ?

Alma en est restée clouée. Pourquoi cette question ? Jamais encore il ne lui avait parlé de Mathis. Bien sûr, il le connaissait. Tout comme il la connaissait, elle, avant de l'enlever. Et puis les journaux, la radio, peut-être la télé avaient dû parler d'elle, de lui, photos à l'appui, et qui sait si Germain n'avait pas lancé un appel à témoins ?

Devait-elle lui répondre ? Mais bien sûr, sans hésiter, pour comprendre. Et elle l'a fait, son regard droit dans le sien.

– Il s'occupe des loisirs, des animations. Il est très actif auprès des enfants. Comme moi, finalement.

Il a incliné la tête : « Merci. » Un merci un peu gêné, honteux ? Et même si Alma s'était promis de ne plus coopérer avec lui, elle n'a pu s'empêcher de l'interroger.

– Paul, pourquoi me parles-tu de mon mari ?

Il a détourné les yeux.

Et voilà qu'il sursaute, se lève, va vers le mur aux croix. Ça y est, il les a vues : but atteint. Les compte-t-il ? Réalise-t-il enfin ce qu'il lui a fait, tout en assurant l'aimer ?

Mais alors qu'elle attend ses paroles, ses excuses peut-être, sans un mot ni un regard pour elle, il vide son sac à dos à ses pieds, manie le grillage, disparaît.

Elle est restée un long moment interdite, perdue. Toutes ses belles options pour ça ?

Parmi ce que Paul lui avait apporté, elle a trouvé un livre de poèmes d'Alphonse de Lamartine. Elle en a tourné fébrilement les pages à la recherche de celui qu'elle préférait.

« Ô temps, suspends ton vol, et vous, heures propices,
Suspendez votre cours.
Laissez-nous savourer les rapides délices
Des plus beaux de nos jours. »
Un poème appelé : « Le lac ».

– 35 –

Quand Stéphane et Juliette Delorme ont débarqué chez leur fils ce vendredi après-midi sans crier gare, Mathis n'a pas été autrement surpris. Même s'ils étaient les parents les plus discrets du monde, vient un moment où la discrétion s'apparente à de la résignation, et ils avaient jugé urgent de venir lui manifester leur soutien, qu'il soit d'accord ou non.

Par chance, les journalistes s'étaient lassés de trouver porte close et ils ont pu sonner sans être dévorés.

Face à sa mère, larmes aux yeux et bras grands ouverts, et au sourire plein d'empathie de son père, Mathis s'est demandé comment il avait pu les tenir si longtemps à l'écart. Et même redouter qu'ils ne soient pesants.

Ils avaient accompli les cinq cents kilomètres de Strasbourg à Saint-Point en ne s'arrêtant qu'une seule fois pour avaler un sandwich et se désaltérer, aussi Stéphane a-t-il décrété qu'il avait le plus grand besoin d'un café, si possible arrosé d'un doigt de gentiane, tandis que Juliette optait pour un thé, suivie par Mathis.

– Alors, où en sommes-nous ? a lancé Stéphane sitôt les boissons servies, lui, assis sur le canapé à côté de sa femme, leur fils dans un fauteuil en face d'eux.

Mathis n'a pu réprimer un sourire. Chirurgien, son père allait toujours droit au cœur du problème, sans s'encombrer de préambules superflus. Et bien sûr, sa mère et lui avaient dû se passer de nombreuses fois les deux vidéos.

Il leur a raconté la séance houleuse qui avait eu lieu à la gendarmerie entre Buisson, Benoît Vignon et lui, en début de semaine et à l'issue de laquelle il avait envoyé un message au ravisseur en lui demandant instamment de manifester son humanité en libérant Alma. Message qu'il connaissait bien sûr par cœur et qu'il leur a livré.

– Hélas, nous n'avons toujours pas reçu de réponse. Sans doute, nous sommes-nous montrés trop optimistes. Un homme capable d'enlever une jeune femme innocente et de l'enfermer dans une étable comme un animal a peu de chances d'avoir cette humanité dont nous le gratifions. Et s'il garde Alma à peu près en bon état, c'est certainement qu'il y a intérêt.

Stéphane Delorme a réfléchi un bon moment sous le regard tendre et patient de son épouse. Juliette. Elle était assistante maternelle, ce qui faisait dire à Alma qui l'appréciait, qu'elles travaillaient dans le même secteur.

Après une gorgée de gentiane, son père s'est décidé.

– Vois-tu, mon fils, garde-toi d'une conclusion trop hâtive. Qui te dit que le ravisseur n'a pas été ébranlé par ton message, contrairement à ce que tu penses ? Qu'il se soit seulement avisé que sa captive avait une famille, un mari désespérés ? Après tout, que savons-nous de lui ? Pratiquement rien.

– Nous savons qu'il a enchaîné ma femme ! s'est révolté Mathis.

Il n'avait pu retenir son cri. Mais le discours lénifiant du médecin trop enclin à l'indulgence l'insupportait. Cependant, devant les regards navrés de ses parents, il a regretté d'avoir cédé à la colère.

– Peux-tu nous en dire un peu plus à ce propos, lui a demandé son père d'une voix apaisante.

Mathis a raconté l'éclat du maillon partant de la taille d'Alma, repéré par Buisson sur la vidéo. Sa propre incrédulité avant d'être bien obligé d'y croire.

Un long silence a suivi. Après avoir resservi son père en café, Mathis l'a rompu.

– Papa, j'aimerais avoir ton opinion sur les animaux martyrisés dans la seconde vidéo.

– Ta mère et moi, nous sommes longuement interrogés à ce sujet. Sans pouvoir hélas y apporter de réponse claire. Il est certain que le ravisseur est concerné par la cause animale. Plus que concerné, à mon avis : partie prenante, quelque part lui-même impliqué. La grande violence des images choisies semble en témoigner. Et tu vois, si j'étais l'un des barbares que l'on voit brutaliser ces pauvres animaux sur la vidéo, je n'aimerais pas me retrouver en face de lui.

Mathis a acquiescé.

– C'est également l'avis de Buisson. Il pense à un enragé de leur cause : genre végan. Hélas, jusque-là, les recherches n'ont rien donné.

– Espérons… a conclu Stéphane.

Sa mère a souri à Mathis.

– À propos, il va bien ton ami adjudant ? Ça me ferait plaisir de le revoir. Ainsi que la volcanique Isabelle.

– Ça devrait pouvoir se faire, a répondu Mathis en lui rendant son sourire.

La demie de 15 heures a sonné.

– En attendant, que diriez-vous d'aller nous dégourdir les jambes du côté du lac ? a-t-il proposé.

Ses parents ont accepté avec joie ; ils s'occuperaient de leurs bagages plus tard.

Dans la prometteuse douceur d'une fin avril, de nombreux promeneurs arpentaient les rives de la « petite mer intérieure » ainsi qu'on appelait le lac en raison de sa grande dimension : cinq kilomètres. Ne lui manquait que les marées. Des barques y glissaient lentement et le bruit rythmé de leurs rames, mêlé au vol des oiseaux, emplissait l'atmosphère d'une mystérieuse chanson. Il arrivait que des touristes, préférant la vitesse à la contemplation, louent des barques à moteur qui cassaient la magie. Bien souvent les mêmes que ceux qui ne prisent la beauté d'un paysage qu'à travers les photos qu'ils en rapporteront chez eux.

Assis sur un banc, silencieux, les Delorme ont vu le ciel se teinter de rose, suivi d'orangé, avant de céder à la paix du soir. Et Mathis a senti comme une bénédiction, adressée de là-haut aux pauvres humains que nous sommes, empêtrés dans nos problèmes. Mon Dieu, que la vie pouvait être belle, douce, déchirante.

Stéphane et Juliette étaient venus de nombreuses fois rendre visite à leur fils et ils connaissaient la maison par cœur. Ils se sont installés dans « leur » chambre, donnant sur le jardin où un hêtre pourpre commençait à se couronner de fleurs jaune timide en forme de chatons duveteux.

– Si tu es d'accord, demain, je ferai une petite toilette à ton jardin, a proposé son père à Mathis avec gourmandise.

Côté gourmandise, celui-ci a tenu à inviter ses parents à dîner au restaurant. Il a choisi « L'Escale », spécialisée dans les produits du cru. C'était la première fois que Mathis allait au restaurant depuis la disparition d'Alma et il craignait que tous les regards ne se portent sur lui. À moins que certains olibrius ne viennent s'enquérir de sa santé. Son visage n'avait-il pas fait la une de nombreux journaux ?

Le patron, un ami, lui avait réservé une table dans un coin tranquille et rien de tel ne s'est produit.

Ils ont dégusté un gratin de pommes de terre à la cancoillotte, un fromage de vache à pâte fondue, qu'ils ont accompagné d'un pichet de vin jaune au goût de noix et d'épices. Et, pour dessert, le classique Notre-Dame du Jura, gâteau meringué avec crème au beurre et kirsch.

Cette nuit-là, pour la première fois depuis la disparition d'Alma, Mathis a bien dormi.

– 36 –

Des bruits l'ont réveillé, des pas, des tintements de vaisselle : 7 h 30. Comme c'était bon, une maison habitée.

Il a enfilé un peignoir et il est passé à la cuisine où, devant le réfrigérateur grand ouvert, sa mère faisait le ménage. Dans la poubelle – entre autres – se trouvait la boîte en plastique contenant les restes des lentilles à la morteau que Mathis ne s'était toujours pas résigné à jeter.

– Je n'allais quand même pas laisser mon fils s'empoisonner, a-t-elle déclaré en l'embrassant. Si tu avais senti l'odeur : une infection !

Les lentilles de l'espoir, malgré tout… Si elle avait su.

Le ménage, son père s'en chargeait dans le jardin comme en témoignaient les coups de bêche.

– Va donc l'avertir qu'on l'attend pour le petit-déjeuner; ça doit bien faire une heure qu'il y est, a constaté Juliette avec bonne humeur.

Aussitôt fait.

Et, un instant plus tard, ils s'attablaient devant un brunch, qui leur permettrait de sauter le déjeuner : indispensable après les agapes de la veille.

– Pour ton jardin, j'ai déjà aéré la terre, a appris Stéphane à son fils en dégustant un morceau de comté. Si tu veux, demain, on le fleurira un peu. C'est le moment.

Confus, Mathis a acquiescé. À la vérité, il avait totalement oublié le jardin : domaine d'Alma. Elle appelait les fleurs « ses filles » et les encourageait à s'épanouir. Comme « ses enfants » au Centre ? Il s'est promis de s'en occuper pour qu'à son retour elle ne retrouve pas un désert. Voilà que l'optimisme de ses parents le gagnait.

– Sais-tu pourquoi, lorsqu'on aère le sol, il faut prendre garde à ne pas retourner la terre, seulement la soulever avec soin ? l'a interrogé son père, sous l'œil complice de sa mère.

– J'avoue ne m'être jamais posé la question.

– Eh bien, c'est parce que si tu la retournes, tu perturbes gravement les micro-organismes qui la fécondent.

Là, c'était le chirurgien qui parlait, et aimer son métier, c'était ça : le mêler à ses journées, les en nourrir. Tout comme Mathis, l'adjoint au maire, s'efforçait de le faire en initiant les enfants du village à la Culture avec un grand C. En espérant pouvoir un jour poursuivre la besogne avec ses enfants à lui. Tandis que sa mère rêvait d'être grand-mère et que Stéphane attendait avec impatience le garçon qui perpétuerait le nom. Mais, jusque-là, Alma le leur avait refusé.

Il a regardé ses parents, mangeant avec appétit, attentifs l'un à l'autre. Comme eux aussi seraient contents le jour où…

– Et ton travail à la mairie, tu l'as repris ? s'est enquis son père.

– Mon patron, Louis Lebel, se montre très compréhensif. Il me laisse toute liberté. Je m'y rends quand je veux.

Et soudain, une idée lui est venue. Il s'est tourné vers sa mère.

– Il me semble qu'hier tu as émis le vœu de rencontrer Germain Buisson. Que dirais-tu d'organiser demain un déjeuner auquel on convierait également les Lebel ?

– Mais bien sûr, s'est emballée celle-ci. À condition que tu me laisses préparer le repas. Pourquoi pas un menu alsacien, ça vous changerait.

– Et moi, je me chargerai du vin, a décidé son père. Un crémant, bien sûr.

Un vin mousseux qui, en Alsace, agrémentait les fêtes.

Mathis s'est éloigné, son portable à l'oreille, pour joindre les deux couples qui ont accepté avec joie : demain, midi trente. « Pouvons-nous apporter quelque chose ? » a demandé Louis Lebel. « La présence de mon meilleur ami me suffira », a répondu Mathis, la gorge nouée.

Durant l'après-midi, il a emmené ses parents à la Source bleue, l'un des plus beaux sites du Doubs. Elle bondissait sur les roches calcaires du massif, se faisait cascade ou ruisseau selon ses humeurs. Mais le plus remarquable était sa couleur : bleu-vert turquoise. Celle des larmes versées par une femme pleurant son amant disparu, disait la légende. De ces légendes qu'Alma adorait et dont elle projetait de faire un livre un jour.

Il faisait radieux ce dimanche matin et Mathis a pris le pari de dresser la table dans le jardin.

Ses parents avaient démarré dès l'aube dans leur Peugeot électrique pour se rendre au marché où, tandis que Juliette achèterait de quoi cuisiner son déjeuner alsacien, Stéphane chercherait une plante pour égayer le jardin. Ils sont revenus, satisfaits de leurs achats et, tandis que Juliette se mettait aux fourneaux, Stéphane s'est attaqué, avec l'aide de son fils, à la plantation d'un rosier répondant au joli nom de « double délice », dont les fleurs blanc et rouge satiné, répandaient un parfum rare, légèrement épicé. Il y a ajouté quelques brins de muguet : 1er Mai à l'horizon.

La veille, il avait préparé l'endroit de la plantation et, à la terre retournée, il a ajouté de la terre de bruyère dont les plantes sont friandes. De la table, on ne verrait que le rosier entouré de ses clochettes.

Germain est arrivé le premier avec Isabelle résolument en forme. Louis Lebel a vite suivi, accompagné d'Agnès, sa femme, réputée pour sa générosité envers les démunis du village et des environs, aussi modeste et efficace que son mari.

Le crémant choisi par Stéphane a été servi avec olives et bretzels. Puis les invités ont eu droit à des pamplemousses farcis aux crevettes, suivis d'un sauté de veau aux morilles, deux spécialités alsaciennes.

Et là, le chirurgien leur a offert un cours magistral.

Pour exhaler tout son parfum, la morille doit subir une sorte de « choc thermique », passer d'une forte chaleur à un grand froid. Ainsi se libère un lent et long processus qui mène hormones mâles et femelles à se rencontrer. De cette union, naîtra la morille « crête-de-coq » : celle-là même qui était servie aux invités.

Et c'est avec un respect mêlé de rires que le champignon a été dégusté.

Isabelle, elle aussi, ne s'est pas privée d'égayer le repas, y invitant Alma. Lorsqu'elle a raconté comment toutes deux traitaient Mathis de « fleur bleue », pour avoir été élevé par deux « parents poules », l'éclat de rire a été général. Et comme Mathis retenait ses larmes, la main de la douce Agnès, serrant brièvement la sienne, lui a dit qu'elle le comprenait.

Le fameux flammekueche, gâteau aux pommes flambé, a clôturé le repas.

Lundi, à 9 heures, les parents de Mathis étaient prêts à reprendre la route.

– Revenez vite, c'était bien, a simplement dit la « fleur bleue » en serrant sa mère dans ses bras et en embrassant son père.

– À condition que tu nous tiennes au courant de toute avancée de l'ami Buisson, lui fait promettre celui-ci.

Regardant la voiture s'éloigner, adressant des signes d'adieu à ses parents, Mathis ignorait que, dès le lendemain, « l'ami Buisson » verrait la situation s'emballer.

– 37 –

Quand, ce matin morose de 30 avril, avant-veille du 1er Mai, où le ciel semblait bouder son plaisir, répandant un vilain crachin sur le paysage en fleurs, Germain Buisson a reçu l'appel d'une certaine Fiona Gosselin, lui annonçant d'une voix péremptoire qu'elle connaissait le coupable de l'enlèvement de cette « pauvre Mme Delorme » – un dénommé Paulin –, un sentiment d'accablement l'a empli et, durant quelques secondes, il a failli lui raccrocher au nez. Une affabulatrice de plus, vraiment pas d'humeur à l'écouter.

Il faut dire que la semaine avait été rude. Commençant par l'intrusion à la brigade de Jean-Pierre Lefèvre, fou furieux d'avoir été suspecté du rapt d'Alma, sur dénonciation de son ex, la redoutable Liliane, alors que nul n'ignorait qu'elle était prête à tout pour le séparer de sa petite fille, Agathe. Et, pour le calmer, Buisson avait dû reconnaître son erreur et lui présenter ses excuses.

Le lendemain, comme s'ils s'étaient donné le mot, il était rappelé à l'ordre par les autorités préfectorales, convoqué par un fonctionnaire en beau costume, qui n'avait jamais tâté du terrain et lui avait reproché une trop grande hâte à mener son enquête sur le fameux Lefèvre, provoquant les ricanements d'une presse toujours friande de ce genre de méprise. « La prochaine fois, mon vieux, faites un effort, montrez un peu plus de clairvoyance. »

Alors que la clairvoyance, c'était Mathis qui en avait manqué en le suppliant de prolonger l'enquête quand tout démontrait que c'était inutile. Mais pouvait-il rejeter la faute sur son ami ? Pas son genre.

Et comme, n'en déplaise à son interlocuteur, son boulot était d'explorer toutes les pistes, même les plus improbables, plutôt que de raccrocher au nez de Fiona Gosselin, il lui a demandé très poliment de passer à la gendarmerie.

Une heure plus tard, elle débarquait dans son bureau.

C'est une forte femme dans la cinquantaine à qui personne n'a dû apprendre la politesse. Introduite par Nicolas subjugué – et pourtant il lui en faut –, elle se plante en face de l'adjudant.

– D'abord, pas un mot à mon mari. Il ignore que je suis ici.

Buisson fait signe à Nicolas de les laisser. Puis, prenant son temps, il observe sa visiteuse : trop de poids, trop de maquillage, trop d'aplomb, de fureur sur son visage, trop de tout.

Il sort tranquillement une fiche, attrape son stylo.

– Si vous commenciez par vous présenter, madame.

– Fiona Gosselin, de la scierie Gosselin, aux Grangettes. Vous connaissez ?

Les Grangettes, un site ravissant dans les sapins, tout près d'un lac : lieu très apprécié des randonneurs.

– Bien sûr, je connais. Il me semble même avoir entendu parler de votre scierie, répond l'adjudant. Et maintenant, rappelez-moi ce qui vous amène.

– Je vous l'ai dit : cette femme, Alma Delorme.

Et la voilà lancée.

Première surprise, c'est son neveu par alliance – elle y tient – que Fiona soupçonne d'avoir enlevé Alma. Il s'appelle Paulin et il est « caractériel » : une grave maladie qui conduit aux extrêmes ceux qui en sont atteints – si vous voyez ce que je veux dire – et Buisson voit très bien.

Seconde surprise : le mari de la dame, Albert, refuse catégoriquement de croire son neveu coupable, aveuglé, assure-t-elle, par l'amour qu'il portait à sa sœur, la mère de Paulin, décédée d'une leucémie quelques années auparavant. Amour qu'il a reporté sur son filleul.

– S'il apprend que je suis là, c'est bien simple, il me tue.

Et Buisson ne peut s'empêcher de sourire : pour occire sa dulcinée, il faudra que l'Albert y mette une sacrée énergie.

– Je vois bien que vous me croyez pas, gronde celle-ci.

– J'attends seulement des preuves de l'implication de votre neveu dans l'enlèvement de Mme Delorme.

– Ça, c'est pas ce qui manque, riposte Fiona à son affaire. D'abord, il arrête pas de regarder la télé alors qu'avant il préférait faire ses rimes ou écouter sa musique débile. Ensuite, il collectionne les journaux où on parle d'elle. Des piles et des piles dans sa chambre.

– Hélas, il n'est certainement pas le seul… collectionneur, la coupe Buisson, vous ne pouvez ignorer que cette histoire passionne les gens.

– Si vous me laissiez continuer ? s'insurge la femme. Tous les jours, à l'heure du déjeuner, monsieur disparaît avec un sac plein de nourriture volée à la cantine. Et quand il revient, comme par hasard, le sac est vide. Et ça dure depuis la disparition, j'ai calculé.

– Et qu'en pense votre mari ? l'interroge Buisson, septique.

– Il est ravi. Il prétend que Paulin est amoureux et que pour la nourriture c'est pas du vol. Qu'il la prend pour pique-niquer avec sa belle. C'est comme ça qu'il l'appelle : « sa belle ». Manquerait plus qu'une autre cinglée s'installe ici. Et pourquoi pas une tripotée d'enfants, pendant qu'ils y sont.

Tandis qu'elle continue sur le même registre, la main de Buisson va machinalement au tiroir à la pipe. Il se ravise : non ! Il en a assez entendu. Il se lève.

– Merci, madame. J'enverrai cet après-midi deux hommes à la scierie. Pouvez-vous me dire vers quelle heure ils y trouveront votre neveu ?

Vexée d'être traitée de façon si cavalière, Fiona a lâché un furibond : « N'importe laquelle sauf entre midi et deux. »

– Et votre mari ?

– Lui, j'en sais rien.

Alors qu'ils arrivaient à la porte, elle n'a pu s'empêcher de cracher une dernière fois son venin.

– Je serais vous, j'irais regarder du côté de l'incendie qui a ravagé la boucherie de Marc, le père de Paulin, causant sa mort. L'autre malade le détestait. L'enquête a conclu à un court-circuit. Mais moi, je sais ce que je sais.

– 38 –

La pluie avait cessé de tomber, le ciel s'éclaircissait, lorsque, à 14 h 30, Thomas et Nicolas ont pris la route des Grangettes, à une quinzaine de kilomètres seulement de la brigade. Contrairement à ce que Fiona Gosselin avait demandé à Buisson, celui-ci s'était bien gardé de l'avertir de l'arrivée de ses hommes à la scierie, espérant sans trop y croire que la « furie » serait absente lorsqu'ils s'y présenteraient.

Celui-ci leur avait raconté dans le détail la séance épique vécue avec elle et sa certitude que son neveu Paulin était l'auteur de l'enlèvement d'Alma. Certitude alimentée, selon Buisson, par la détestation qu'elle lui portait. Pour sa part, les propos approximatifs de la tante et l'absence de preuves solides le menaient à douter sérieusement de son témoignage. Il comptait sur le binôme pour clarifier la situation en interrogeant, en douceur, le jeune Paulin et surtout en s'arrangeant pour rencontrer le dénommé Albert dont l'opinion sur les faits était radicalement opposée à celle de sa femme.

Le tout, si possible, sans trop faire de vagues afin de ne pas chatouiller à nouveau les oreilles du sous-préfet.

Thomas et Nicolas connaissaient bien Alma et cette mission était loin de leur déplaire. Outre qu'elle les changerait de la routine habituelle, qui sait si elle n'aiderait pas à sa libération. Pour eux, la plus belle des récompenses.

C'est dire qu'ils sont partis gonflés à bloc.

Situé en bordure de forêt, l'endroit est magnifique. Une impressionnante maison de maître donne sur une vaste cour où s'activent des hommes en salopettes et pataugas, autour de troncs de sapins, billots, bûches et planches diverses. Le son strident des scies et des tronçonneuses électriques accompagne le ballet, la bonne odeur du bois imprègne le tout, encore rehaussée par la pluie récemment tombée : une odeur qui monte du sol, de la terre – Terre Mère – et qui vous donne l'impression d'être vivant, bien vivant, à votre place.

Parmi les ouvriers, tranchant visiblement avec eux, un jeune garçon efflanqué, aux mains gantées de cuir, vêtu d'un sweat à capuche et d'un jean, attire l'attention du duo : Paulin ? Suivant les instructions de Buisson, ils s'approchent de lui sans hâte.

– Messieurs, s'il vous plaît…

Arrêtés par la voix d'un homme qui se hâte dans leur direction, Nicolas et Thomas s'immobilisent. Cheveux gris, lunettes, la cinquantaine : Albert Gosselin forcément.

– Alors, elle l'a fait, constate-t-il, accablé. Elle est allée à la gendarmerie.

– Si vous parlez de Mme Fiona Gosselin, elle s'est en effet présentée ce matin à la brigade, répond calmement Thomas. Elle y a fait part à l'adjudant Germain Buisson de ses soupçons concernant l'enlèvement de Mme Delorme. Soupçons portant sur Paulin, votre neveu.

– Mon « filleul », rectifie Gosselin d'une voix brisée. Et vous devez savoir qu'elle le déteste. Et ce depuis toujours. Mais je ne pensais pas qu'elle irait jusque-là.

– Et la cause de cette détestation ? s'enquiert Thomas, compatissant.

– Une longue histoire.

Le regard plein de tristesse du parrain va vers le garçon immobile devant une pile de planches et qui les observe par en dessous. Il lui fait signe.

– Viens là, mon grand, tu n'as rien à craindre.

Paulin s'approche d'un pas incertain. Son parrain pose une main rassurante sur son épaule.

– Comme tu le vois, ces messieurs sont venus nous rendre visite. Es-tu d'accord pour répondre à leurs questions ?

Tandis que le garçon semble hésiter, Thomas et Nicolas échangent un regard : on peut dire que le parrain y va franco. Paulin se tourne vers eux.

– D'accord, grommelle-t-il, visiblement à contrecœur.

– Le nom d'Alma Delorme te dit-il quelque chose ? demande Thomas avec précaution.

Le garçon a réprimé un tressaillement.

– Bien sûr ! Tout le monde en parle, tout le temps, partout.

– Et tu ne l'aurais pas rencontrée par hasard ?

Un soudain éclat de colère traverse le regard fixé sur eux.

– Nan !

– Si vous voulez bien, messieurs, nous poursuivrons cette conversation dans mon bureau, intervient précipitamment Albert. Cela me permettra de vous expliquer tranquillement les faits.

Les deux hommes hésitent. Paulin s'est détourné. « Surtout, tentez de rencontrer l'oncle et parrain », leur a recommandé l'adjudant.

– On vous suit, décide Nicolas.

– 39 –

C'est une vaste pièce totalement dédiée au bois. Poutres au plafond, élégants encadrements de porte et de fenêtres, haute armoire ancienne, bibliothèque. Et aussi un solide bureau de bois foncé : du chêne ?

Sur les murs, quelques diplômes encadrés au nom d'Albert Gosselin, ainsi que de nombreuses photos. Parmi celles-ci, Albert en désigne une représentant une jeune femme au teint pâle, aux yeux cernés, tenant un enfant dans ses bras.

– Ma sœur, Marie-Paule, avec Paulin. Décédée, hélas, d'une leucémie il y a quelques années. Je lui avais promis de m'occuper de son fils lorsqu'elle ne serait plus là. Ma femme ne l'a jamais accepté.

Il fait signe aux deux hommes de s'asseoir, avant de faire de même derrière son bureau.

– Messieurs, je vous écoute.

Thomas commence.

– Pouvez-vous nous expliquer plus précisément pourquoi votre femme en veut tellement à votre filleul ?

– À la suite d'une opération, Fiona est devenue stérile. Du coup, Paulin lui apparaît comme un intrus, presque une offense personnelle. De plus, il présente des troubles du caractère, une pathologie décelée dès sa cinquième année par notre médecin de famille, ce qui, bien sûr, aggrave encore son cas à ses yeux…

Un « caractériel », a dit Buisson.

– Et vous, vous en pensez quoi ?

– Moi, je l'aime, répond simplement le parrain.

Ému malgré lui, Thomas le sensible poursuit.

– Et comment se manifeste cette pathologie ?

– Il en existe de nombreuses formes. Elles vont d'une simple instabilité, une difficulté à prendre ses marques, à une totale incapacité à communiquer avec les autres, un renfermement sur soi-même. Dans les cas les plus sévères, la personne atteinte est sujette à de grosses colères, des crises de violence qui peuvent l'amener à représenter un danger pour elle-même comme pour son entourage.

Albert Gosselin s'interrompt quelques secondes.

– Ce que ma femme a sans doute omis de vous dire est que, par bonheur, Paulin n'est que légèrement atteint. Pour preuve, il a suivi une scolarité à peu près normale et il vient d'obtenir son diplôme de « compagnon du bois », ce dont il n'est pas peu fier. Le tout sans accident grave, seulement quelques grosses colères dont il se repent aussitôt.

Albert Gosselin tend la main vers le téléphone :

– Si vous le souhaitez, je peux appeler le directeur du Centre d'apprentissage où il a passé ces trois dernières années ; il vous confirmera mes paroles.

– Merci, ce ne sera pas nécessaire, du moins pour le moment, l'arrête Thomas. Vous verrez ça avec l'adjudant Buisson. Il souhaite vous rencontrer.

– Quand il voudra.

Nicolas prend le relais.

– Votre femme lui a parlé de la disparition de votre filleul à l'heure du déjeuner avec un sac de nourriture volée. Destinée, selon elle, à nourrir sa prisonnière.

Pour la première fois, le visage d'Albert Gosselin se détend. Il sourit même.

– C'est très probablement ce qui a mis le feu aux poudres. Ces prétendus larcins. Ma femme est très près de ses sous. Mais, pour ma part, ces « emprunts » me font plutôt plaisir, je crois Paulin amoureux, enfin ! Et cette nourriture, il la prend pour pique-niquer avec l'élue de son cœur. Si vous pouviez voir son air heureux lorsqu'il revient ! À mon avis, sa « prisonnière » doit lui rendre ses sentiments. Jamais je ne l'ai vu si bien.

– Et le nom de l'élue ? s'enquiert Thomas.

– Je ne le connais pas encore. Paulin ne se confie pas facilement. Mais dès que je le saurai, comptez sur moi pour vous le transmettre. À condition qu'il reste entre nous, bien sûr, ajoute Albert avec un air complice.

Un bruit de moteur dans la cour, suivi d'un portière claquée, fait sursauter le trio. Ils se lèvent.

– L'adjudant Buisson vous appellera pour le rendez-vous, souffle Thomas à Albert.

À peine arrivent-ils à la porte que celle-ci s'ouvre à toute volée et Fiona apparaît. Elle foudroie son mari du regard.

– Bravo ! C'est comme ça qu'on profite de mon absence ?

Elle se tourne vers les gendarmes :

– J'avais demandé à votre adjudant de m'avertir de votre venue, vous le remercierez de ma part… Quant à l'autre – elle désigne Albert –, je suppose qu'il vous a servi ses salades sur son cher Paulin et que vous les avez avalées.

– Pas du tout, madame, la contre sèchement Nicolas. Votre mari s'est contenté de répondre à nos questions, suite à votre passage, ce matin, à la brigade.

Et, sans en dire davantage, il l'écarte et il sort, suivi de Thomas.

Alors qu'ils traversent la cour, ils peuvent constater que ce « cher Paulin » a repris le travail. Au passage, ils lui adressent un signe. Mais avec sa capuche baissée, pas sûr qu'il l'ait vu.

« Si possible, sans trop faire de vagues », leur a recommandé Buisson.

A priori, il n'y en aura pas. Mer calme, si l'on peut dire…

– 40 –

« Ô temps, suspends ton vol. Et vous, heures propices, suspendez votre cours. Laissez-nous savourer les rapides délices des plus beaux de nos jours. »

Quels jours ? Quelles heures ? Quelles délices ?

Alma regarde les croix sur le mur, ces croix qui ont tant heurté Paul lors de sa dernière visite. Elle se souvient de son sursaut en les découvrant, son regard interrogateur, blessé ? Puis de sa brusque volte-face et sa satisfaction à elle : à présent, il saurait qui des deux était la victime. Bravo : mission accomplie !

Sauf qu'hier il n'est pas venu.

Pour la première fois depuis ce matin où, entrouvrant les yeux, elle s'est retrouvée dans cette paille, Paul a manqué au rendez-vous, ce rendez-vous auquel il l'a si bien habituée que jamais l'idée ne l'a effleurée qu'il puisse y manquer : la sotte !

9 heures. Alma regarde au loin, le plus loin possible du côté où, chaque fin de matinée, elle voit – elle voyait – sa silhouette se dessiner, légèrement courbée par le poids de son sac à dos,

ce sac qu'elle connaît par cœur, plein du nécessaire, de l'essentiel, mais aussi du superflu, tout aussi important. Que de fois s'est-elle émerveillée de voir son ravisseur si bien deviner ses désirs, ses envies.

Mais, au loin, plus rien ! Aucune silhouette, aucun pas, personne. Et la question qui la taraude depuis la veille, qui l'a empêchée de dormir cette nuit, qu'elle ne parvient plus à retenir, explose dans sa tête.

Et s'il ne revenait pas ?

Si, blessé par les croix du cimetière, Paul la laissait tomber, la chassait de ses pensées ? L'oubliait ?

Et elle restera là, dans cette étable abandonnée, loin de tout, où nul n'entendra ses cris, ses appels à l'aide, bientôt ses sanglots, ses supplications, ses gémissements. Avant le silence.

Combien de temps faut-il pour mourir de faim ? Elle a entendu parler de plusieurs semaines – à condition de boire. Et boire, elle le pourra grâce aux sanitaires. Affamée, cherchera-t-elle des insectes dans la paille comme ce personnage d'un roman ancien dont elle a oublié le nom ? Tentera-t-elle de manger cette paille comme les animaux qui l'ont précédée ici ? Jour après jour, heure après heure, elle sentira ses forces décliner. Bientôt, elle sera incapable de se lever, se mouvoir, juste de ramper. Elle qui voulait mourir debout partira comme une loque, incontinente, inconsciente, vaincue.

IL M'AIME.

Alors qu'Alma se reprochait d'avoir apprivoisé Paul, de l'avoir charmé, attaché à elle, conquis, elle n'a plus que cet espoir : il l'aime, il l'aime. Elle appelle à elle tous les instants, les moments, où il le lui a prouvé. Cette lumière dans son regard en la retrouvant chaque fin de matinée, sa main serrant fort la sienne, sa tête venant tout naturellement se loger dans son épaule et, plus récemment, son émotion lorsqu'elle lui a offert sa chaînette d'anniversaire. Et même son cri de rage quand elle lui a demandé de la libérer.

Passe-t-on d'un tel amour à l'indifférence, à l'oubli ? Impossible ! Alors, quand il reviendra, parce qu'il reviendra, elle lui dira que son amour est réciproque, qu'elle l'aime aussi.

Plus qu'une seule option : vivre.

Alma s'est levée. Décidée à effacer les croix du désastre, elle a ramassé la pierre-crayon. Mais, au dernier moment, sa main est retombée. Non, pas ça, cette trahison d'elle-même, cette lâcheté. Elle s'est détestée. Loin, très loin, la voix d'Isabelle lui a ordonné de se reprendre : « Redresse-toi, défends-toi, bats-toi. »

Mourir debout.

Du regard, elle a cherché un instrument qui lui permettrait de mettre fin à ses jours avant de ne plus en avoir la force. Un bout de grillage ? Un morceau de fer pour s'ouvrir les veines ? Au besoin, à condition de frapper fort, la pierre s'en chargerait.

Il était 16 h 30 quand Paul est apparu, à bout de souffle, comme s'il avait couru. Il portait le sweat gris de sa première visite, capuche rabattue. Il s'est laissé tomber près d'elle.

D'un geste décidé, Alma a baissé la capuche. Le visage d'un crucifié lui est apparu.

– Paul, pourquoi n'es-tu pas venu hier ? s'est-elle révoltée. J'ai eu si peur. Tu n'avais pas le droit.

Avec un regard débordant d'amour, il a murmuré : « Pardon. »

Il l'aimait. Il l'aimait.

Elle s'est emparée de sa main.

– Paul, dis-moi, qu'est-ce qui t'arrive ? Parle-moi, s'il te plaît, explique-moi.

Avec douceur, il lui a repris sa main. D'une voix déchirée où perçait la colère, il a promis : « Je reviendrai », avant de se relever, courir, disparaître.

Alma a compris.

– 41 –

Quand, au troisième jour de l'enquête, Buisson avait révélé à Mathis que les services scientifiques de la gendarmerie avaient retrouvé, dans la voiture d'Alma, sa montre brisée, celui-ci lui avait reproché de ne pas le lui avoir dit avant, même pour l'épargner. Et Germain lui avait promis de ne plus rien lui cacher.

Cela ne l'avait pas empêché d'attendre trop longtemps pour lui révéler que le kidnappeur avait enchaîné sa femme, et, à nouveau, Mathis s'était irrité de son silence. « Un jour viendra où ton copain te retirera sa confiance, et sans confiance, pas d'amitié », l'avait averti Isabelle.

C'est pourquoi, ce matin du 31 avril, Buisson a appelé Mathis pour lui demander de venir le voir. Et bien sûr, celui-ci s'est précipité.

– Du nouveau ? a-t-il lancé d'une voix pleine d'espoir, à peine entré dans le bureau.

– Si tu commençais par t'asseoir, lui a répondu Buisson avec un sourire forcé.

Il avait préparé du café, ils ont pris place l'un à côté de l'autre devant la cafetière fumante, et là, il a raconté toute l'histoire à son ami en s'efforçant de ne rien omettre : l'appel tonitruant de Fiona Gosselin, son arrivée furieuse à la gendarmerie, la scierie familiale aux Grangettes et sa certitude que son neveu, Paulin, avait enlevé Alma. Un « caractériel », affirmait-elle. Le tout appuyé sur des preuves plus que minces. Confirmé par Thomas et Nicolas qu'il avait envoyés à la scierie où ils avaient rencontré l'oncle et parrain du « présumé coupable », un homme calme, pondéré, lui, qui les avait convaincus de l'innocence de son filleul.

– Tu connais leur professionnalisme. Ils pensent comme moi que la détestation que porte Fiona à son neveu et son désir de s'en débarrasser l'ont conduite à le croire, ou plutôt, à le « vouloir » coupable, a-t-il soupiré.

Au long de son récit, le visage de Mathis est passé de l'espoir à la déception, puis à la révolte. Et, lorsque Buisson se tait, les questions inévitables fusent.

– Pour ce Paulin, tu viens de me parler d'un caractériel. Peux-tu m'en dire davantage ?

– Bien sûr. J'ai même demandé à Isabelle de se renseigner à son hôpital. Il s'agit d'une véritable maladie qui peut aller d'une simple difficulté à communiquer avec les autres, à s'intégrer dans la société, à des formes plus sévères : des gens en conflit avec eux-mêmes, incapables de se contrôler et qui peuvent représenter un danger pour les autres. En ce qui concerne Paulin, il ne serait que légèrement atteint, ajoute-t-il.

Il a raconté à Mathis ses années d'apprentissage sans problèmes majeurs, couronnées par son diplôme de « compagnon du bois ». Et son travail actuel à la scierie où tous l'appréciaient.

– Tes hommes lui ont parlé ? a marmonné Mathis.

– Quelques mots seulement. Ils ont préféré interroger longuement son oncle : Albert Gosselin.

– Et cet oncle, tu l'as vu ?

– Au départ, je n'en voyais pas l'utilité. Finalement, je l'attends ici à 14 h 30 cet après-midi.

– Et pourquoi as-tu changé d'avis ?

– Pour toi.

Mathis a ouvert de grands yeux :

– Pour moi ?

– Pour que tu ne puisses pas me reprocher de n'être pas allé jusqu'au bout du bout des choses.

Les deux hommes ont bu leur café tiédasse. Le regard de Buisson s'est attardé quelques secondes sur le portrait d'Isabelle. Elle serait satisfaite. Demain, 1er Mai, sans doute iraient-ils chercher du muguet dans la forêt comme chaque année. Soudain, il a eu hâte.

– Une dernière question, a repris Mathis d'une voix plus calme. Qui sont les parents de Paulin ? Tu ne m'as rien dit d'eux.

– Pour la bonne raison qu'il est orphelin, a répondu Buisson. Sa mère, Marie-Paule, est partie d'une leucémie il y a quelques années. Son père, Marc, a péri dans l'incendie de sa boucherie. Et bien sûr, Fiona affirme que c'est Paulin qui y a mis le feu. J'ai appelé l'assurance : un simple court-circuit.

Mathis a observé un silence. Et soudain, il s'est levé.

– OK, Germain. Il me semble qu'on s'est tout dit. À présent, je dois filer.

– Mais non, pas si vite, je n'en ai pas fini avec toi ! a protesté Buisson. Sache d'abord que tu peux poser toutes les questions que tu veux à Thomas et à Nicolas. Ils se feront un plaisir d'y répondre. Ensuite, Isabelle m'a chargé de te remercier encore pour le déjeuner de dimanche dernier. Il a eu un grand sourire. Figure-toi que j'ai pris une décision : si un jour je devais être opéré, ce serait par ton père : un grand monsieur.

– Il te traitera comme une plante rare et, moi, je te tiendrai la main, a conclu Mathis.

Il a disparu.

– 42 –

Si Mathis n'avait pas pris la peine d'interroger Thomas et Nicolas comme le lui avait proposé Buisson… Si, soudain, il n'avait plus eu qu'une idée : quitter la gendarmerie, rentrer chez lui, réfléchir… C'est qu'un mot, prononcé par son ami, avait déclenché une alarme dans sa tête, bouleversé la donne et rendu crédibles les accusations de Fiona contre son neveu : le mot « BOUCHERIE ».

Le père de Paulin était boucher. Ce père qu'il détestait au point, selon sa tante, d'avoir mis le feu à son commerce. Comment Buisson, qui se targuait de vouloir aller jusqu'au bout du bout de l'affaire, avait-il pu laisser passer un élément aussi important et même crucial ?

Et voilà que les mots, prononcés par son père à lui, devant les images des animaux martyrisés sur la seconde vidéo, revenaient à Mathis : « Il est certain que le ravisseur est concerné par la cause animale. Plus que concerné, à mon avis : partie prenante, quelque part lui-même impliqué. » Pardi ! Un père boucher, acteur de cette souffrance.

De retour chez lui, Mathis a failli l'appeler pour lui raconter son entretien avec Buisson. Mais il a renoncé, prévoyant trop bien sa réaction : « Calme toi, réfléchis, prends ton temps. » Et du temps, justement, Mathis sentait qu'il n'en avait plus, ou si peu. À preuve, les paroles de son ami à propos des caractériels : « Des gens en conflit avec eux-mêmes, incapables de se contrôler et qui peuvent représenter un danger pour les autres. » Alors, rappeller Germain ? Mais, de ce côté-là aussi, la réponse ne faisait aucun doute : « OK, on va étudier ça, pas d'emballement. »

Mathis a décidé de s'emballer.

C'était un après-midi doux, au ciel amical, de ceux qui lui faisaient le plus mal, sachant qu'Alma n'en profiterait pas. Alma à son jardin, Alma à ses plantations, ces fleurs qu'elle chérissait. Il avait soigneusement choisi son heure : 14 h 30, celle où Buisson recevrait Albert Gosselin à la caserne. Car ce n'était pas lui qu'il voulait rencontrer mais sa femme, Fiona : « l'accusatrice ». Et, si possible, « l'accusé » : Paulin.

Il a arrêté sa moto près de la scierie, retiré son casque, l'a attaché au guidon, puis, le cœur battant, la gorge sèche, sans se préoccuper de la sonnette, il a poussé le portail et il est entré dans la cour.

Veillés par une belle maison en pierre et en bois, plusieurs hommes travaillaient dans un bruissement électrique semblable à un vol d'oiseaux effarouchés. Partout, des copeaux volaient. Un autre jour, dans une autre vie, Mathis y aurait trouvé de la beauté.

Il cherchait des yeux, parmi les ouvriers, le long garçon dont lui avait parlé Buisson, quand une femme a foncé vers lui. Cheveux en bataille, air hargneux, sans aucun doute la redoutable Fiona.

– Si c'est pour une commande, c'est OK. Si c'est pour fouiner du côté de mon neveu, j'ai déjà donné, l'a-t-elle averti.

– C'est pour vous rencontrer, madame. Je suis Mathis Delorme, le mari d'Alma, a-t-il répondu calmement.

Fiona Gosselin s'est figée, stupéfaite, incrédule. Durant un instant, Mathis s'est demandé si elle n'allait pas lui réclamer sa carte d'identité.

– Ça veut dire que vous me croyez ? Que vous allez pas me jeter comme les deux autres de ce matin ? a-t-elle articulé d'une voix frémissante.

– Certainement pas, l'a-t-il rassurée, je suis venu pour que vous me parliez de votre neveu et de votre certitude qu'il détient ma femme prisonnière.

Et, malgré lui, sa voix a fléchi. Fiona n'a pas hésité.

– Venez. Et dépêchons avant que l'autre se ramène.

« L'autre »… Albert, son mari, qui ne lui avait certainement pas dit où il se rendait.

Tandis qu'elle l'entraînait vers un modeste bâtiment, à l'opposé de la belle demeure, l'un des hommes au travail a attiré le regard de Mathis. Jeune, longiligne, sweat à capuche rabattue sur sa tête.

– C'est lui ? a-t-il chuchoté.

Fiona a acquiescé :

– Une chance que j'ai le double des clés. Et, croyez-moi, c'est pas lui qui nous empêchera d'entrer.

Elle a introduit la clé dans la serrure, ouvert la porte et vite refermé derrière eux.

Mathis a su.

– 43 –

Affichées aux murs de la pièce, une quantité de photos représentant des animaux martyrisés. Les mêmes que ceux montrés sur la seconde vidéo : poulets en batterie, poussins passés à la broyeuse, veaux arrachés à leurs mères, porcelets amputés de leur queue. Et d'autres, bien d'autres : un cri de révolte, un hurlement de douleur.

Sur le sol, un amoncellement de journaux, montrant pour la plupart le visage d'Alma : Alma au temps du bonheur. Posant, souriante, aux côtés de Mathis lors d'une fête à la mairie, près du Centre, sur le seuil de sa maison, en promenade dans la forêt. Des clichés publiés par la presse après sa disparition et dont certains avaient fait le tour du pays.

Sur le lit défait : un sac à dos grand ouvert, vide. Attendant d'être rempli de nourriture volée ?

– Alors, vous me croyez maintenant ? a triomphé Fiona.

Et, à la fois, Mathis a eu envie de l'étrangler et de la remercier.

– Je peux ? a-t-il demandé en désignant les quelques meubles.

– Allez-y, fouillez tant que vous voulez. Moi je reste au cas où un de ces messieurs auraient la mauvaise idée de venir nous déranger.

« Ces messieurs » : Paulin ou Albert.

Mathis n'a rien trouvé dans les tiroirs de la petite commode, sinon des vêtements bien pliés. Dans ceux de la table de nuit, des photos, toutes représentant une femme au visage triste et doux, accompagnée d'un garçon à différents âges : Marie-Paule et son fils ?

Campée devant la porte, les bras croisés sur son opulente poitrine, Fiona le regardait faire, un sourire ironique aux lèvres. Soudain, Mathis a eu l'idée d'explorer les poches du jean plié sur le lit, à côté du sac à dos. Y découvrant la fine chaînette en argent offerte à Alma par sa mère pour ses 7 ans, son cœur a bondi. La preuve irréfutable que Mathis cherchait : Germain et Isabelle la reconnaîtraient.

Il l'a levée devant les yeux de Fiona.

– Elle appartient à ma femme. Je peux la prendre ?

– Et tout le reste si vous voulez.

Par acquit de conscience, il a retourné les oreillers, les draps, regardé sous le lit : rien. Rien non plus dans la petite salle de douche. Mais qu'importait ? Il en avait suffisamment.

À nouveau, il s'est tourné vers Fiona.

– Madame, auriez-vous une idée de l'endroit où votre neveu détient ma femme ? a-t-il demandé. Ne serait-ce qu'un détail, une intuition, n'importe quoi ?

– Si j'en avais une, vous pensez bien que ce Paulin serait déjà derrière les barreaux, a ricané la tante.

– Je vous en prie, a supplié Mathis, ignorant le ricanement. N'y aurait-il pas eu autrefois dans votre famille ou dans celle de votre mari des agriculteurs ? Une ferme ? Même il y a très très longtemps.

– De mon côté, certainement pas, a tranché Fiona. Tous dans le commerce. De celui d'Albert, je peux pas vous dire.

Devant l'air désespéré de Mathis, elle a semblé éprouver, pour la première fois, un semblant de pitié.

– Tout ce que je sais, c'est que pour lui la famille c'est sacré et qu'il garde tous les papiers dans l'armoire de son bureau.

– Est-ce que je peux les voir ?

À peine si Fiona a hésité.

– OK, mais dépêchons avant que l'autre rapplique.

Mathis a consulté sa montre : 14 h 50 : ça devrait aller.

Ils ont quitté le bâtiment. Tandis que Fiona l'entraînait vers la maison de maître, il a cherché des yeux le garçon à capuche aperçu alors qu'ils pénétraient chez lui. En vain. Et sans doute était-ce préférable car aurait-il résisté à la tentation de le frapper jusqu'à ce qu'il crache l'endroit où il détenait sa femme ?

Une fois dans la maison, Fiona a conduit Mathis jusqu'à une grande pièce où trônait une armoire ancienne. Elle en a ouvert les battants. Sur les étagères du bas, de nombreux cartons.

– Il appelle ça ses « annales », moi, son « mémorial ». Vous trouverez les dates inscrites sur chaque carton. Je vous laisse. Amusez-vous bien.

– 44 –

Il était près de 15 h 30, Buisson venait de raccompagner à la porte l'oncle du jeune Paulin : un homme sympathique, au regard droit, au langage clair, qui l'avait convaincu de l'innocence de son filleul dans l'enlèvement d'Alma. N'hésitant pas, pour appuyer ses dires, à appeler le directeur de l'établissement où le garçon avait étudié les trois dernières années et à le lui passer.

Le rire incrédule de celui-ci, apprenant de quoi était soupçonné son ancien élève, résonnait encore dans les oreilles de l'adjudant : Paulin capable d'un acte aussi barbare que l'enlèvement d'une innocente jeune femme ? Impossible. Il ne pouvait y croire. Certes, ce n'était pas un garçon comme les autres, renfermé, ayant du mal à communiquer, mais jamais durant son séjour dans son établissement, il ne lui avait causé de véritable souci, se limitant à quelques grosses colères qui se terminaient aussi vite qu'elles étaient venues, dans les larmes et le regret. Sans oublier que Paulin mettait une rare application et beaucoup d'intelligence à son travail.

Ce témoignage, s'ajoutant au rapport fait par Thomas et Nicolas à leur retour des Grangettes, avait conduit Buisson à rassurer Albert Gosselin : on ne l'ennuierait plus, ni lui, ni son filleul.

Son interlocuteur parti, il s'apprêtait à appeler Mathis pour lui faire part de ses conclusions quand celui-ci l'a devancé.

– Germain, écoute-moi, c'est grave !

Il avait crié. Et maintenant, sans lui laisser le temps d'en placer une, il tenait des propos délirants, affirmant que Paulin était bien le coupable du kidnapping d'Alma, qu'il savait où il la retenait et qu'il fallait agir sur-le-champ pour éviter qu'il ne l'emmène ailleurs, ou, pire, qu'il ne s'en prenne à sa vie.

Et là, Mathis a éclaté en sanglots.

Premier impératif : calmer son ami.

– Mathis, je t'ai entendu. Tu peux compter sur moi pour t'aider. Mais d'abord, où es-tu ?

– Aux Grangettes, à la scierie, a hoqueté son interlocuteur.

Aux Grangettes ? Une onde de colère a traversé Buisson.

– Mais qu'est-ce que tu fiches là-bas ? Et qui t'a permis ?

Un nouveau cri lui a répondu.

– Le père de Paul était boucher, c'est toi-même qui me l'as dit.

– Et alors ?

– Les images des animaux sur la vidéo, elles sont toutes sur les murs de sa chambre. Fiona me les a montrées. Sans compter tous les journaux avec des photos d'Alma.

– Parce que tu as vu Fiona ?

Un bref silence a répondu à Buisson, dépassé. Avant la bombe…

– Germain, j'ai trouvé la chaînette d'Alma dans la poche d'un pantalon de Paulin.

Buisson s'est figé : cette chaînette que l'on pouvait voir au cou de la prisonnière sur les deux vidéos.

– Tu es sûr ? a-t-il soufflé.

– Attends.

Quelques secondes et la chaînette est apparue sur le portable de Buisson. Celui-ci s'est levé.

– Où est ta femme, Mathis ? Tu m'as bien dit que tu le savais ?

– Dans l'étable de l'arrière-grand-père d'Albert, pas loin de Montperreux, route de la Source bleue. J'ai le plan.

Montperreux… La Source bleue… À quelques kilomètres seulement de la brigade. Si près que, pas une seconde, l'adjudant n'avait songé à y envoyer ses hommes.

– On te rejoint au rond-point, direction la Source, a-t-il décidé. Prends ton plan. Et promets-moi de ne rien tenter tout seul.

Mathis a raccroché.

Pour commencer, Buisson a appelé le Samu et demandé une ambulance à l'endroit indiqué par son ami ; il leur en dirait davantage dès qu'il le connaîtrait plus précisément. Puis il est passé dans la salle où se trouvaient ses hommes. Découvrant son visage, ceux-ci se sont levés.

– Départ immédiat pour Montperreux, tenue de camouflage, a-t-il aboyé.

Lui-même s'est changé. Dix minutes plus tard, le fourgon démarrait. Seule Myriam restait au poste.

Durant le trajet, Buisson a raconté à l'équipe l'appel de Mathis, sa visite aux Grangettes et ce qu'il y avait découvert avec l'aide de Fiona. Comme certains semblaient douter, il a fait circuler l'image de la chaînette. Un lourd silence est tombé.

– Montperreux, c'est pas là où on avait été appelés il y a deux ans ? Une femme assurant avoir rencontré un loup ? a demandé Thomas.

– Un loup qui s'était révélé n'être qu'un malheureux clébard qui avait eu la frousse de sa vie en nous voyant débarquer, a complété Nicolas.

Un rire salvateur a couru.

Sauf qu'aujourd'hui le loup était bien là.

– 45 –

Alma fixe les croix sur le mur. Ce matin, elle a hésité à y inscrire celle du jour, et pour cause. Le 31 avril, anniversaire de Paul, ses 20 ans.

Elle se souvient de son air navré lorsqu'elle lui avait demandé sa date de naissance : « Le 31 avril : raté pour les clochettes », avait-il répondu. Et son rire désolé, comme si tous ses soucis, sa vie gâchée, venaient de là. Et, attendrie, elle avait détaché de son cou la chaînette offerte par sa mère pour ses 7 ans – l'âge de raison – et, le plus déraisonnablement du monde, elle l'avait tendue à Paul.

– Le 31 avril prochain, je veux que tu la portes à ton cou.

Elle le revoit hier, sa capuche rabattue sur sa tête, à bout de souffle, jetant des regards derrière lui comme s'il craignait d'être suivi. Elle entend son « pardon » plein d'amour, pour avoir manqué au rendez-vous de la veille, sa promesse de revenir, sa fuite…

Il ne lui avait pas fallu longtemps pour comprendre la cause de cette attitude : les gendarmes, la police, Mathis ?, étaient sur sa piste. Ils avaient enfin trouvé quelque chose : un objet, un indice, un témoignage ? Et qui sait si elle ne serait pas bientôt libérée ? Si elle ne retrouverait pas bientôt son mari, sa famille, son travail, tout ce qui faisait son bonheur de vivre ?

Mais, à cet espoir, ce soulagement si grand qu'il en était douloureux, se mêlait l'appréhension : que ferait Paul lorsqu'il comprendrait qu'il allait être séparé d'elle à tout jamais ?

Alma se souvient de sa fureur lorsqu'elle lui avait demandé de lui retirer sa chaîne. Elle le revoit, piétinant le repas qu'elle avait préparé pour lui. Elle entend son hurlement : « NON ! » En face d'elle, c'était un autre, un étranger, un ennemi. Et elle s'était reproché d'avoir oublié qu'il était malade : un « désaxé », sans point fixe, sans repères, sans liens, incontrôlable.

Pourtant, en avait-elle rencontré des malades comme lui durant ses études ! Des malheureux qui perdaient la tête, la boule, le nord, et finissaient par dérailler, commettre l'irréparable. Les prisons, les hôpitaux psychiatriques n'en étaient-ils pas remplis ?

Et il arrive qu'ils ne se souviennent plus du crime qu'ils ont commis.

Pour la millième fois depuis qu'elle est ici, Alma fixe la verrière brisée : ces morceaux de ciel, ces bouts de bleu, ces bribes de soleil, animés par des chants d'oiseaux. Tout ce qui l'a accompagnée, soutenue, durant les interminables journées passées ici. Oh, oui, vite sortir de cette prison, retrouver le ciel en son entier, se chauffer à ce soleil, chercher dans son jardin des nids d'oiseaux, et surtout, surtout, sentir autour d'elle les bras de son mari.

À moins que Paul ne l'en prive. Que, sur le point d'être arrêté, il ne commette l'irréparable, qu'il la piétine comme le repas de fête, ou même, dans un geste de folie, n'en finisse avec elle : deux mains autour de son cou, quelques secondes et c'est fini.

On devient superstitieux quand sa vie est en jeu. Alma décide que si Paul porte la chaînette à son cou comme elle le lui a demandé, lorsqu'il viendra, elle sera sauve.

Il n'était pas loin de 17 heures lorsqu'il est apparu, essoufflé, capuche baissée, col de blouson relevé, cou invisible. Alma s'est levée, la pierre-crayon à la main, arme dérisoire, prête à défendre sa vie.

Il n'a pas refermé le grillage. Sans un regard pour elle, sans une parole, il est allé droit au mur-cimetière, a sorti une clé de sa poche, s'est accroupi et il a ouvert le verrou qui fixait l'anneau à la chaîne. Puis il s'est relevé, est revenu vers elle, l'a attrapée par l'épaule et fichue dehors en hurlant :

– Va-t'en… cours… vite.

Et elle courait à perdre haleine vers la liberté. Sachant que Paul venait de lui offrir la plus belle des preuves d'amour.

– 46 –

À 16 h 35, le fourgon a récupéré Mathis au rond-point, direction la Source bleue. Sitôt monté, il a remis le plan à Buisson, un très ancien plan jauni où une croix rouge délavé indiquait l'étable de l'arrière-grand-père d'Albert Gosselin, à environ cinq cents mètres de là. Buisson l'a transmise à Thomas, assis près de la conductrice, et le véhicule est reparti.

– Pas trop dur, camarade ? a demandé Germain à son ami qui regardait avec effroi la tenue militaire des soldats.

Mathis a sorti la chaînette de sa poche et la lui a tendue.

– Alors, tu me crois maintenant ? a-t-il râlé.

Buisson a poussé un gros soupir.

– Quand tu m'as appelé, Albert venait juste de sortir de mon bureau. Et il m'avait convaincu de l'innocence de son filleul en me passant le directeur du Centre d'apprentissage. Pardonne-moi, je me suis planté.

Mais déjà le fourgon ralentissait, s'engageait dans un chemin de terre envahi par la broussaille et qui semblait n'avoir pas été utilisé depuis des lustres, branchages divers et ronces géantes griffant la carrosserie du véhicule tandis que les ornières se creusaient davantage. Un instant, l'adjudant a douté à nouveau.

Ils ont fini par déboucher dans une décharge en bordure de forêt où voisinaient pneus crevés, appareils ménagers rouillés et même un tracteur renversé. Mis à part le craquement des pins sous le soleil et le chant des oiseaux, un silence total régnait.

Les hommes ont sauté du fourgon et se sont éparpillés à la recherche d'une ouverture pouvant mener à l'étable. Le Samu, tenu au courant du lieu où ils se trouvaient, a signalé son arrivée dans une dizaine de minutes.

– Chef, regardez, a crié un militaire.

Il brandissait un ancien écriteau sur lequel on pouvait déchiffrer le mot « Privé ». « Propriété privée » ? Il a désigné un vague sentier entre les arbres :

– Je l'ai trouvé là.

Sur un signe de l'adjudant, l'équipe s'est rassemblée autour de lui.

– On y va. Et n'oubliez pas la consigne : quelle que soit la situation, notre priorité est d'agir en sorte que la captive n'ait pas à souffrir de notre intervention, OK ?

Il s'est tourné vers la conductrice :

– Toi, Arlette, tu restes avec Mathis. Vous réceptionnez l'ambulance.

Alors que les militaires, en file derrière lui, main sur leur arme, s'apprêtaient à entrer dans la forêt, une femme en a jailli en courant. Grosses chaussettes aux pieds, ses vêtements flottant autour de son corps et, attachée à sa taille, une chaîne qui tressautait derrière elle comme un serpent.

Tous se sont figés, sauf Mathis qui s'est élancé et l'a reçue dans ses bras. Instinctivement, Buisson a pointé son arme sur l'endroit d'où elle était sortie, au cas où Paulin suivrait. Rien ne venant, il a fait signe à ses hommes de prendre le relais et il a rejoint le couple.

– Bienvenue, Alma, l'a-t-il saluée d'une voix enrouée par l'émotion. Heureux de te revoir parmi nous.

Puis, plus bas, désignant les arbres :

– Il est là ?

Alma a incliné la tête tout en bredouillant des paroles incompréhensibles. Sans attendre, suivi des militaires, Buisson s'est engagé dans la forêt.

Annoncée par une sirène, l'ambulance arrivait. Un couple en a sauté qui s'est dirigé vers Alma, toujours dans les bras de son mari. La femme a posé délicatement la main sur son épaule.

– S'il vous plaît, madame, venez. Nous allons vous examiner.

Le regard fixé sur les sapins, le souffle suspendu, l'oreille tendue, Alma n'a pas bougé.

– Un instant, je vous en prie, a soufflé Mathis à l'ambulancière.

Et déjà Buisson réapparaissait. Il les a rejoints à grands pas.

– C'est fini, Alma, tu n'as plus rien à craindre. Il ne te fera plus jamais de mal.

Prenant tout le monde par surprise, elle s'est arrachée des bras de son mari et, courant à nouveau, a disparu dans la forêt.

Deux militaires se tenaient dans l'étable où Alma avait passé tant de jours à attendre la venue de son ravisseur. Elle a tenté de les écarter.

– Laissez-la ! a ordonné la voix de Buisson derrière elle.

Paul gisait sur le sol, les yeux fermés, le corps tordu. Autour de son cou dénudé, le nœud de la corde avec laquelle il s'était pendu.

PARTIE 2

LIBÉRÉE

– 47 –

1er Mai. Partout dans les forêts les amateurs de muguet sont à l'ouvrage. On s'y rend en famille ou entre amis. Il y a ceux qui cherchent au petit bonheur la chance en poussant des cris de joie à chaque brin découvert et ceux qui gonflent la poitrine en affirmant qu'ils connaissent les bons coins, avec ce qu'il faut d'ombre et d'humidité car les « clochettes », comme certains les appellent, ne supportent pas le soleil.

Il existe des êtres qui, eux aussi, préfèrent l'ombre à la lumière, qui fuient le soleil de la vie, se calfeutrent dans l'obscurité. J'en ai connu un, il s'appelait Paul.

Hier soir, 31 avril, jour de son anniversaire, après une batterie d'examens passés à l'hôpital, jugeant mon état « satisfaisant », on a cédé à mes supplications et permis à Mathis de me ramener à la maison. Ces murs blancs, ces rangées de néon clignotant, ces appareils braqués sur moi, ces questions, c'était trop, je n'en pouvais plus.

Il était près de 20 heures quand l'ambulance nous a déposés à notre porte. Mathis m'a soutenue jusqu'à la chambre, cette chambre dont j'avais tant rêvé, il m'a aidée à m'étendre sur le lit, s'est assis à côté de moi.

– Qu'est-ce qui te ferait plaisir, mon cœur ?

Pouvais-je lui répondre : être seule, m'enfouir sous la couette, me boucher les yeux et les oreilles, sombrer dans le sommeil, dormir, dormir, dormir, oublier l'image insupportable d'un homme-enfant gisant dans la paille, une corde autour du cou.

– Un bain… peut-être… ai-je murmuré.

– Je m'en occupe.

Tandis qu'il faisait couler l'eau à la bonne température, y ajoutait les sels parfumés, je me suis vite relevée, j'ai ouvert le sac contenant mes vêtements de prisonnière, qu'on lui avait remis au sortir de l'hôpital : pantalon de survêt, t-shirt, grosses chaussettes, petite culotte – rose, s'il vous plaît – et un pull torsadé blanc que j'en ai extirpé et glissé sous le lit avant de m'y étendre à nouveau. Il était temps.

– Le bain de Madame est avancé, a annoncé Mathis en réapparaissant.

J'ai retiré la tenue prêtée par l'hôpital, marché jusqu'à la salle de bains et, soutenue par lui, je suis entrée dans l'eau mousseuse.

– Veux-tu que je reste ?

– Ce n'est pas nécessaire. Je t'appellerai quand j'aurai fini.

– Alors je laisse la porte ouverte.

Mon discret et merveilleux mari avait pensé au coussin appuie-tête. J'y ai logé ma nuque, fermé les yeux et je me suis laissée aller dans l'eau. Ce bain aussi, en avais-je rêvé ! Mais le bien-être attendu n'était pas au rendez-vous, chassé par des idées morbides. Ne disait-on pas que mourir noyé n'était pas si terrible que ça ? Qu'au dernier moment une sorte d'ivresse vous envahissait ?

Même chose pour les pendus.

J'ai très vite appelé Mathis. Tandis qu'il m'aidait à me sécher, puis à enfiler un pyjama, il a remarqué avec tendresse :

– Ma femme a grand besoin de se remplumer !

Et, désignant la montre de plongée que j'avais gardée à mon poignet :

– Et, bien sûr, je t'en offrirai une autre.

Absorbée par le boutonnage de ma veste de pyjama, je n'ai pas répondu.

Quand il a tiré de sa poche ma chaînette d'anniversaire et qu'il l'a attachée à mon cou, cette chaînette que j'avais tant espéré voir à celui de Paul, j'ai fondu en larmes. Il m'a serrée contre lui : « Mon pauvre, pauvre amour. » Oui !

Je n'avais aucune faim et même légèrement mal au cœur. Il m'a forcée à partager avec lui un peu de potage aux légumes pioché dans le congélateur et un fruit. J'ai choisi une clémentine qui me rappelle toujours celles que maman déposait dans mes souliers et ceux de Constantin à Noël.

– Mathis, mes parents… il va falloir les appeler.

– Ne t'en fais pas, je m'en chargerai. Mais laisse-moi d'abord savourer mon bonheur.

Cette voix frémissant de joie, ce regard lumineux sur moi. Le bonheur, il faudrait que je m'y réhabitue.

Je n'en pouvais plus et nous nous sommes couchés très vite après le repas. À mon soulagement, Mathis s'est contenté de me prendre dans ses bras et me répéter encore et encore qu'il m'aimait.

Au désir aussi, je devrais me réhabituer.

– 48 –

Plusieurs sonneries, celle du téléphone fixe, celle de la porte de la maison, me tirent d'un sommeil tardif et agité. 7 h 45. Dans l'entrée, Mathis vitupère. Contre qui ? Oh, Paul, mon Paul…

Je me lève péniblement. J'ai mal à la tête, au cœur, partout. L'impression d'avoir été rouée de coups. Je passe aux toilettes puis dans la salle de bains où j'asperge mon visage d'eau fraîche. Cette femme aux traits tirés, aux yeux soulignés de bleu, aux cheveux crasseux, est-ce vraiment moi ? Un rire nerveux me prend : où est la « belle » de mon Isabeau ?

De retour dans ma chambre, je constate que le sac d'hôpital a disparu : à la poubelle ? Le pull torsadé, plus gris que blanc, est toujours sous le lit. Du bout du pied, je le repousse plus profondément. Mais que suis-je en train de faire ? J'ai honte.

Et voilà Mathis, lui habillé, rasé, le visage débordant d'amour. Je me jette dans ses bras. Il m'y serre fort, longtemps.

– Mathis, qui a sonné ? Et qui engueulais-tu ?

– Une équipe de télévision qui insistait pour t'interviewer, râle-t-il, pourtant, hier, on a tout fait pour que rien ne fuite. Mais il y en aura toujours pour éprouver le besoin de se faire mousser…

– Attends, Mathis, je ne comprends rien à ce que tu dis. La télévision ? Le besoin de se faire mousser ? Et qu'est-ce qui a fuité ?

Mon mari pousse un gros soupir, m'entraîne vers le lit où nous nous asseyons. Il lève vers moi un regard navré.

– J'aurais tellement préféré te parler de tout ça plus tard, déplore-t-il. Mais tu dois savoir que, le soir même de ta disparition, une vidéo est passée sur les réseaux sociaux te montrant dans la paille. Imagine notre angoisse, notre incompréhension. Et, très vite, une seconde, celle-là affichant des animaux martyrisés. Ce qui nous avait conduits, Buisson et moi, à penser que tu avais été enlevée par un cinglé de la cause animale. Deux vidéos, puis plus rien.

– Mais comment est-ce possible, Mathis ? Qui les a prises ?

– Paulin Gosselin, ton ravisseur. Il avait caché une caméra dans l'étable où il te retenait. Les hommes de Buisson en ont trouvé la preuve en se rendant dans le magasin où il l'avait achetée.

Je me tais, accablée. Comment Paul, celui que j'avais appris à aimer, à estimer, avait-il pu me faire cet affront ? Me donner en pâture aux yeux de tous, afficher mon humiliation. Je ne peux pas, je ne veux pas y croire.

– Imagine notre bouleversement, le chagrin de tes amis, mais aussi, hélas, le regard de tous ces inconnus, plus ou moins bienveillant, s'emparant de ton histoire, en faisant des gorges chaudes, poursuit Mathis. Certains, te plaignant sincèrement, bien sûr, mais aussi des voyeurs, des salauds qui s'en donnaient à cœur joie et racontaient n'importe quoi. J'avais fini par changer de portable, fuir les médias…

Et cela alors que dans mon étable, je me croyais abandonnée de tous sauf des miens. Seule au monde alors que tant de monde avait les yeux fixés sur moi, sur ma déchéance.

– Mathis, est-ce que ça veut dire que ça va recommencer? Les journalistes, la télé, tout ça? ai-je demandé d'une voix tremblante.

– Rassure toi, mon cœur, on va tout faire pour l'empêcher. J'ai déjà appelé Louis Lebel qui m'a promis de s'en occuper. À ce propos, Agnès et lui t'embrassent très fort, a-t-il ajouté, joignant le geste à la parole.

Louis Lebel, son patron et ami.

Puis il saute sur ses pieds, me tend la main.

– Allez! On ne va pas laisser ces malotrus gâcher notre petit-déj' de retrouvailles.

Le couvert était mis à la cuisine, la cafetière prête à partir, le pot de lait au micro-ondes, les tartines dans le grille-pain, beurre, miel et confitures sur la table. Mon mari avait pensé à tout.

Il m'a ordonné de m'asseoir, m'a servi un jus d'orange et fait partir les instruments. J'ai regardé son portable près de son bol et je me suis revue, me réveillant dans la paille, y cherchant désespérément le mien.

– Mathis, mon portable, on ne l'a pas retrouvé?

– Non. Seulement ta montre.

Je ne saurais jamais ce que Paul en avait fait. Paul ne saurait jamais combien une simple chaînette d'anniversaire pouvait peser fort à mon cou. Nous ne nous promènerions plus jamais ensemble dans nos jardins secrets où fleurissaient des pensées de toutes les couleurs, dont certaines nous étaient communes. Jamais, jamais. J'ai haï ce mot.

Comme Mathis me l'avait promis la veille, il avait appelé mes parents, ainsi que les siens. Il l'avait fait dès l'aube afin d'éviter qu'ils n'apprennent ma libération par la presse. Bien vu.

– Si tu les avais entendus, ma chérie. D'abord leur incrédulité, puis leurs cris de bonheur, leurs larmes, le bombardement de questions…

Il a bu quelques gorgées de café, s'est éclairci la gorge : gêné ?

– Bien sûr, ils ont tous demandé à te voir. Comment le leur refuser ? Ils devraient arriver dans le courant de l'après-midi.

Oui : comment le leur refuser ? Mais, même si je les aimais tous beaucoup, le manège tournait trop vite : celui d'une vie cassée en mille morceaux qu'il allait me falloir recoller. Et à cette idée, une immense fatigue m'emplissait.

– Rassure-toi, je suis sûr qu'ils sauront se montrer discrets, a conclu tendrement mon mari.

Un peu plus tard, il m'a fait part de la recommandation du médecin qui m'avait prise en charge à l'hôpital : m'adresser à un psy.

– Il m'a expliqué qu'on ne sortait pas indemne d'une telle épreuve et qu'il était indispensable d'en parler avec un spécialiste. Si tu es d'accord, il me donnera une adresse.

– Il n'en est pas question, je me débrouillerai toute seule, ai-je tranché.

Étaler mes états d'âme, mettre à nu mes sentiments devant un étranger ? Impensable. Aucune envie, aucun besoin.

Désarçonné par la violence de ma réaction, Mathis tripatouillait dans un reste de tartine. Je me suis levée.

– En revanche, là, tout de suite, j'ai grand besoin de me laver les cheveux. Mon mari acceptera-t-il de m'y aider ?

– 49 –

Il était 11 h 30, cheveux propres, dans les vêtements trop grands d'une revenante, je reprenais contact avec moi-même en feuilletant les photos de famille affichées sur les murs de mon bureau-cagibi : papa, maman, Constantin, moi, quand on a sonné à la porte de la maison. Les journalistes à nouveau ? Contrairement à mes craintes, ils nous avaient laissés à peu près tranquilles durant la matinée. L'effet Louis Lebel ?

Fausse alerte ! C'était Germain m'apportant un bouquet de fleurs de la part d'Isabelle. De jolies fleurs mauves au cœur dentelé blanc : des belles-de-jour, suivez mon regard.

Mathis et son ami se sont installés à la cuisine où, tandis que je mettais les fleurs dans l'eau, ils ont attaqué – jour férié – un jus de tomate « amélioré », c'est-à-dire agrémenté d'un doigt de vodka. J'ai choisi un jus de fruits : dans mon cas, l'alcool…

Hier, Germain s'était contenté d'appeler Mathis après mon passage à l'hôpital pour savoir si j'allais bien et je redoutais de subir un interrogatoire en règle. Devinant mon inquiétude, il m'a tout de suite rassurée.

– Ne crains rien, Alma. Je ne suis pas venu pour t'embêter. Avec la mort du coupable, toute action criminelle s'éteint. Pour employer les bons mots.

Les « bons mots » ? D'un coup les larmes sont montées, je me suis détournée. Ainsi, Paul ne serait pas jugé pour mon enlèvement, pas plus que je ne le serais pour avoir, en quelque sorte, troqué ma vie contre la sienne. À moi de me débrouiller avec ma conscience.

Sentant mon trouble, Mathis s'est lancé sur le sujet des journalistes.

– Il ne leur aura pas fallu longtemps pour apprendre le retour d'Alma, s'est-il indigné à nouveau. J'ai appelé Lebel qui m'a promis de s'en occuper et, apparemment, il a eu quelques résultats : la matinée a été plutôt tranquille.

– Les chiens ! a constaté Buisson avec son franc-parler habituel.

Puis il s'est tourné vers moi en tapotant sa poche :

– Tu permets ?

J'ai acquiescé et il a sorti sa pipe et commencé à la bourrer tranquillement. Ce sont ces petits gestes de rien du tout qui nous aident le mieux à reprendre pied dans la réalité. Les petits clins d'œil du quotidien.

– Pour en terminer avec les baveux, a enchaîné Buisson en s'adressant à Mathis, s'ils remettent ça, tu ne leur réponds pas, tu ne les vois pas, ils n'existent pas.

– Facile à dire, a grommelé mon mari.

– Et si ça ne suffit pas, je t'envoie des gars pour leur remonter les bretelles. J'en connais deux qui s'en feront une joie : Thomas et Nicolas.

Il m'a souri :

– Tu sais, Alma, ils se sont bien battus pour te retrouver. Mais c'est finalement cet entêté-là qui a fait tout le boulot.

Et il a pointé le doigt sur Mathis.

– Il faudra que vous me racontiez ça. Mais pas trop à la fois, ai-je bafouillé.

« Trop » : les vidéos, la trahison de Paul.

À nouveau, les larmes sont montées. Germain a posé sa main sur la mienne :

– Pardon, la petiote, je ne t'ai même pas demandé comment tu allais.

La « petiote »… Jamais encore il ne m'avait appelée ainsi. Avec tant d'affection. Soudain, je me suis souvenue de l'ordre qu'il avait donné à ses hommes lorsque, dans l'étable, j'essayais de voir ce qu'il était advenu de Paul : « Laissez-la. » Qu'avait deviné l'ami ?

– C'est pas trop la forme, ai-je grognassé.

– Ça t'étonne ?

Il a bu quelques gorgées de jus de tomate « amélioré », puis s'est tourné vers Mathis.

– Sans me mêler de ce qui ne me regarde pas, je serais toi, camarade, j'emmènerais Alma le plus loin possible d'ici ; pourquoi pas au soleil, chez ses parents ? Ou à Strasbourg, chez les tiens ?

Le visage de Mathis s'est éclairé.

– Ça me paraît une excellente idée ! Et après tout, à part Lebel qui comprendra, rien ne nous retient ici.

– Si !

Le cri m'avait échappé. Interloqués, Mathis et Germain m'ont dévisagée. Que m'arrivait-il ?

– Ce n'est pas en fuyant qu'on règle les problèmes mais en les regardant en face. Avant de partir, j'ai besoin d'y voir plus clair en moi, me suis-je expliquée.

Un silence gêné a suivi ma déclaration.

– Si c'est celle qui œuvre au Centre qui a parlé, ne reste plus qu'à s'incliner, a conclu Mathis, mi-figue, mi-raisin.

Plus tard, Germain reparti, j'ai ouvert la petite enveloppe qui accompagnait le bouquet d'Isabelle. Une carte s'y trouvait.

« C'est quand tu veux, la belle, où tu veux, à l'heure que tu veux, jour et nuit. » Signé Isabeau.

J'ai eu hâte.

– 50 –

Les parents de Mathis sont arrivés les premiers, vers 15 heures. Juliette, sa mère, m'a serrée longuement dans ses bras sans rien dire, étouffée par les sanglots. Stéphane, son père, s'est contenté de m'embrasser en me rappelant qu'il m'aimait.

Et moi donc !

J'avais toujours été attirée par le chirurgien-planteur, capable de passer des heures, ses longues mains fines de raccommodeur de vie dans la terre, comme s'il voulait ne pas oublier d'où nous venons tous. « Tu viens de la terre et tu retourneras à la terre », dit la Genèse.

Et, lorsque après avoir bu un café et déposé son sac ainsi que celui de sa femme dans leur chambre, il a demandé à prendre des nouvelles du jardin, tout naturellement je l'y ai suivi avec l'impression que, depuis le matin, je n'attendais que ce moment où il m'aiderait à voir plus clair en moi.

J'avais quitté en mai un jardin en boutons, je le retrouvais en fleurs. Primevères, capucines et ces délicates pensées dont certains agrémentent leurs salades. Mais aussi le vieux mûrier qui, les bonnes années, daigne nous donner de quoi garnir une ou deux tartes.

Cheminant dans les allées, je me suis entendue demander à brûle-pourpoint à mon beau-père :

– Stéphane, avez-vous vu les vidéos ?

Si ma question l'a étonné, il n'en a rien montré.

– Bien sûr ! C'est même ainsi que Juliette et moi avons appris votre détention dans cette étable : un sacré choc, croyez-moi.

– Et la seconde, qu'en avez-vous pensé ?

– Je l'ai mieux comprise lorsque j'ai appris que le père de votre ravisseur était boucher.

Le père de Paul, boucher ? D'un coup, il m'a semblé avoir toutes les réponses à son comportement, sa personnalité, la façon dont il m'avait traitée. Certes, j'avais soupçonné une blessure du côté paternel, mais ça... Boucher, alors que cette seconde vidéo montrait clairement son attachement aux animaux.

– Comment l'avez-vous appris ? ai-je demandé avec difficulté à Stéphane.

– Par la presse, bien sûr. Depuis hier, on y parle beaucoup de vous, de votre famille et de celle du garçon : aucun respect ni pour le mort ni pour les vivants.

La famille du « garçon » ! Pas celle du kidnappeur, de la brute, pourquoi pas l'assassin ? Respect... Un élan de reconnaissance m'a submergée, j'ai vacillé.

– Venez vous asseoir, Alma, a ordonné mon beau-père en attrapant mon bras et me menant au petit banc de pierre mangé par une mousse jaunâtre.

La pierre était tiède, c'est vrai, le printemps...

Son regard encourageant sur moi, Stéphane attendait.

– Vous savez, Paul n'était pas aussi mauvais que tous l'affirment. Il avait du cœur, ai-je osé.

– Je n'en doute pas une seconde, Alma. Et nul ne sort indemne d'une enfance abîmée, voire massacrée par un père qui, d'après ce que j'ai compris, prenait plaisir à torturer son fils, comme il le faisait avec les animaux.

Soudain, j'ai mieux respiré. La caméra placée dans l'étable : pour faire passer un message, bien sûr ! Mathis ne me l'avait-il pas dit lui-même ? « Un cinglé de la cause animale. » Cinglé, forcément. Et puis, lorsque Paul avait placé cette caméra, nous ne nous connaissions pas encore, nous n'avions pas encore appris à nous apprécier.

– Ces vidéos, les avez-vous vues ? m'a interrogée Stéphane comme s'il lisait dans mes pensées.

J'ai tenté de rire.

– Certainement pas, elles me font trop peur. C'est Mathis qui m'en a parlé. Mais, en même temps, je lui ai interdit de les effacer. Allez y comprendre quelque chose.

Stéphane s'apprêtait à me répondre quand la porte de la maison s'est ouverte et Juliette et mon mari nous ont rejoints. Oh non !

– Alma, Stéphane vous a-t-il montré la nouveauté ? m'a demandé gaiement ma belle-mère qui semblait avoir retrouvé la forme.

– La nouveauté ?

– Venez voir.

Mon beau-père et moi nous sommes levés et elle nous a conduits jusqu'à un arbuste aux fleurs mauves et blanches inconnu de moi.

– C'est un rosier « double délice », m'a-t-elle appris. Nous l'avions planté peu après votre enlèvement pour vous faire la surprise lorsque vous reviendriez. Et ça nous avait sérieusement remonté le moral.

Mathis s'est penché et il a déterré quelques brins de muguet fanés.

– On y avait ajouté la plante porte-bonheur, et voilà, te revoilà ! a-t-il constaté joyeusement.

De retour avec les clochettes… Mes larmes ont coulé à nouveau. Silencieux, Stéphane me regardait.

Un peu plus tard, il m'a entraînée à l'écart et, d'une voix douce et ferme, il m'a conseillé de me faire aider par un psy. Avec mon autorisation, il se renseignerait sur ceux qui pratiquaient dans le coin. Et alors que le matin même, j'avais refusé la même proposition venant de Mathis, à lui, j'ai dit oui sans hésiter.

Mes parents sont arrivés vers 17 h 30. Après les avoir salués, ceux de Mathis se sont retirés discrètement dans leur chambre.

Maman pleurait à gros bouillons de bonheur, ne se lassant pas de me tenir à bout de bras pour s'assurer que j'étais bien là, entière. Même papa y est allé de sa larme. Ce qui ne l'empêcherait pas, plus tard, de s'emporter contre le salopard qui avait osé s'attaquer à sa fille. Aucun respect, ni pour le mort, ni pour celle qui tentait de revivre. Maman l'a engueulé et il a fini par se taire.

Il avait apporté de Cavaillon un plein cageot de sa production : melons, courgettes, aubergines, tomates, j'en passe. Après que les parents de Mathis nous ont rejoints, les femmes se sont mises aux fourneaux tandis qu'un apéritif se préparait à la cuisine. J'y ai participé : jus de fruits toujours.

Même si j'avais fait une longue sieste après le déjeuner, je ne tenais plus sur mes pattes et mes yeux se fermaient tout seuls. Exclu d'assister au dîner. Je me suis contentée, assise près de maman à un coin de table, de terminer le potage aux légumes entamé la veille, en y ajoutant un yaourt aux abricots dont, connaissant mes préférences, mon gentil mari avait abondamment garni le réfrigérateur.

– Tu n'as pas eu trop faim, là-bas, ma poulette ? a demandé maman avec précaution.

– Pas du tout. Même si les menus n'étaient pas très variés, Paul ne m'a jamais laissée manquer de rien.

– Paul ? Je croyais que c'était Paulin ? s'est-elle étonnée.

Je n'ai pas répondu et elle n'a pas insisté. Stéphane me souriait. Lui, « Paul », il l'avait accepté d'emblée.

Avant d'aller au lit, à 20 heures – comme les poulettes –, j'ai embrassé tout le monde en gardant mon beau-père pour la fin.

– Repose toi bien, ma grande, a-t-il murmuré à mon oreille.

Et, dans ma chambre obscure, fixant le rai de lumière sous la porte comme lorsque je n'étais pas encore grande, j'entendais voleter autour de moi le premier « tu » du chirurgien-planteur, comme une promesse de jours meilleurs.

– 51 –

Aujourd'hui où tant de malheureux sombrent dans la déprime et parfois mettent fin à leurs jours, le suicide n'empêche plus les funérailles religieuses, et Paul a été enterré au cimetière communal des Grangettes : une vingtaine de tombes seulement – vue sur le lac de Saint-Point.

La messe s'est déroulée en l'église de la Béatitude de Saint-Jean-Baptiste, une église baroque, éclairée par six magnifiques vitraux, très appréciée des touristes.

J'étais venue en car sans rien dire à personne. Je portais un bonnet et des lunettes teintées pour n'être pas reconnue. Imaginez le scandale : la « victime », assistant à l'enterrement de son bourreau…

Dissimulée derrière un pilier, je regardais le petit groupe de personnes assises au premier rang et, parmi elles, j'ai reconnu sans mal Albert Gosselin, le parrain de Paul, dont la photo était parue dans les journaux. Cassé en deux, secoué par les sanglots : un homme brisé. Et j'aurais voulu pouvoir tout simplement m'asseoir près de lui et lui dire que je partageais sa peine. Parmi les femmes en noir, j'ai cherché Fiona, sa femme, mais je ne l'y ai pas trouvée.

Le curé a parlé d'une âme en déshérence qui avait enfin trouvé la paix du Seigneur : si seulement ! Je me suis sauvée avant la fin de l'office, gardant en moi l'image d'un homme atteint au plus profond de lui par la disparition de l'enfant aimé. Et sans doute est-ce cette image qui, ajoutée à d'autres, me dicterait ce qu'il me restait à faire.

– Où étais-tu ? Je t'ai cherchée partout, s'est plaint Mathis à mon retour.

– Une simple promenade.

Pourrais-je un jour livrer le fond de mon cœur à un mari auquel je n'avais rien à reprocher, sinon un amour trop grand, une trop grande sollicitude, qui me privaient de l'air nécessaire pour guérir d'une blessure impossible à dire ?

Déjà la Pentecôte, bientôt l'été ! Plus d'un mois depuis ma libération, davantage de jours que ceux passés dans l'étable. J'ai du mal à y croire.

Je suis brouillée avec le temps. Il passait si lentement là-bas : l'interminable attente de celui qui m'apportait un peu de vie, une voix, un sourire, une chaleur. Il file si vite depuis mon retour. Quand Mathis m'a offert un nouveau portable, alors qu'avant mon emprisonnement cet appareil me paraissait indispensable, il ne m'a procuré aucun plaisir. Comme si, durant ces journées loin de tout, j'avais appris à vivre autrement, à voir, regarder, entendre, sentir… en direct. Pas à travers une plate petite boîte à code.

Une chose de plus à laquelle je vais devoir me réhabituer ?

La notion du temps, mais aussi le contact avec moi-même et avec les autres, je les retrouve peu à peu lors de mes séances avec Marie-Amélie Delage, la psy que Stéphane m'a indiquée à Pontarlier. C'est une femme dans la cinquantaine, aux cheveux prématurément blancs et au visage doux. Avec son aide, il me semble progresser vers la « vérité vraie », comme disent les enfants que nous demeurons tous un peu.

Oui, j'ai été captive d'un homme qui m'a privée de tout ce qui faisait ma vie, mon bonheur. Oui, il m'a volé l'essentiel : ma liberté. Et qu'il se soit montré gentil, attentionné, et même généreux avec moi n'y change rien.

Et, oui, je me suis attachée à lui plus que de raison, l'attendant chaque jour avec impatience, m'efforçant de lui plaire, lui trouvant toutes les excuses, en venant même à l'aimer comme un petit frère fragile. Mais c'était parce qu'il était le gardien de mes jours et que lui seul possédait la clé de ma prison.

Syndrome de Stockholm ? Sous le regard attentif, encourageant de Marie-Amélie Delage, j'ai même prononcé à voix haute l'expression que je rejetais jusque-là. Sauf qu'entre Paul et moi il y avait une différence de taille. De nous deux, c'était lui le plus fragile, c'était moi qui tenais sa vie entre mes mains. Et tout ce qu'elle dirait, tout ce que les autres pourraient dire, n'y changerait rien.

Et là, j'ai crié et fondu en larmes, ce qui n'a pas semblé déplaire à mon tyran – pas de féminin pour ce mot-là.

Alors qu'en général une séance par semaine est la règle, j'ai réussi à lui en soutirer deux.

– Une femme pressée, a-t-elle remarqué avec un sourire.

– De vous libérer de moi, ai-je répondu.

Et moi d'elle.

Très vite, elle m'a déclarée « bonne pour le service », apte à reprendre mon boulot au Centre, jugeant à juste titre que ce serait là le meilleur des traitements.

J'avais bien sûr revu Alix, ma coéquipière : les « deux A », les « deux As », comme certains s'amusaient à nous appeler. Elle m'avait expliqué que, pour ne pas affoler les enfants dont nous nous occupions, on leur avait raconté que j'étais partie en vacances. Mais, inutile de nous leurrer, un bon nombre d'entre eux avaient forcément appris la vérité, soit par des plus grands, soit, tout bêtement, en regardant la télévision. À moi de gérer le problème quand je reviendrais.

Lorsque je lui ai annoncé que je reprenais le travail, elle a poussé un cri de joie.

– Il y en a un, particulièrement impatient de te revoir, m'a-t-elle confié avec malice.

Mon cœur battait fort quand Tristan est entré dans la grande salle aux murs couverts de dessins et au panier à jouets. Me découvrant, il s'est arrêté, avant de se précipiter dans mes bras. Et même si la règle est d'éviter les trop grandes effusions, je l'y ai serré longtemps.

Puis nous nous sommes assis l'un à côté de l'autre et j'ai attendu.

Lorsqu'il a sorti un bateau du panier, j'ai compris qu'il ne savait rien. Les bateaux, pour les enfants, c'est presque toujours la mer, même si, comme ici, ils en sont séparés par des milliers et des milliers de sapins.

Je lui ai décrit la belle dame bleue aux vagues ourlées de blanc, ses marées, ses rochers à coquillages et le sable blond qui la borde, où l'on peut s'étendre et aussi construire des châteaux forts. Je lui ai aussi raconté les tempêtes, les navires échoués en son fond, les capitaines courageux et les mousses en haut des mâts.

Tristan m'écoutait, attentif, captivé, un nuage assombrissant parfois son front et il m'a semblé qu'il savait que je lui parlais de la vie.

– Dis, pourquoi tu pleures ? m'a-t-il demandé lorsque je me suis tue.

– Parce que je t'aime, lui ai-je répondu.

Pour deux.

– 52 –

Entre Mathis et moi, c'est comme une rivière qui reprendrait peu à peu son cours après un passage tumultueux dont je serais ressortie toute cabossée. Le meilleur étant peut-être de pouvoir en rire à nouveau.

Un exemple.

À plusieurs reprises durant ma captivité, je m'étais reproché d'avoir refusé de lui donner cet enfant qu'il désirait tant, au prétexte que j'étais déjà suffisamment occupée par ceux du Centre. Quelques jours après mon retour, me sentant prête à refaire l'amour, je lui ai annoncé que je lui offrirais volontiers un bébé et que, s'il en était d'accord, nous ferions désormais l'amour sans protection.

Et d'accord, il l'était ! Et même tellement, qu'il en a perdu tous ses moyens. Et ça a été bon de rire de tendresse.

Quand, plus tard, sans rentrer dans les détails, j'ai appris à Isabelle mon désir d'être mère, elle a pris des airs de conspiratrice.

– Si c'est un garçon, tu l'appelleras Paul, une fille, Pauline.

Et ça a été bon de rire avec mon iconoclaste.

À elle, je dis tout. Aussi lui ai-je parlé du pull blanc torsadé, cadeau de Paul, caché dans la buanderie de la maison. Savez-vous ce que l'irrévérencieuse m'a répondu ?

– Lave-le, porte-le, et si ton mari te pose des questions, c'est moi qui te l'ai donné.

Dès le lendemain, j'y allais.

Lavage seul dans le tambour, programme fragile, température tiède, adoucissant spécial-délicat. Surtout, pas d'essorage – trop brutal –, séchage en douceur sur une serviette en coton. Et, pour terminer en beauté : repassage léger-léger avec mon fer « centrale vapeur ».

Il devait être de bonne qualité, il en est ressorti comme neuf. Je l'ai rangé avec mes autres pulls sur l'étagère de l'armoire. « À bientôt ? »

Lorsque ce matin-là de juin, Mathis m'a tendu un petit paquet-cadeau, j'ai tout de suite deviné de quoi il s'agissait : la montre qu'il s'était promis de m'offrir en échange de celle de plongée. Comme il avait tardé, j'avais pensé – espéré ? – qu'il avait oublié.

C'était très exactement la même que celle retrouvée brisée par les gendarmes sous le siège de ma Vertigo et Mathis m'a raconté combien, connaissant ma peur du noir, il avait souffert pour moi.

J'ai retiré la montre offerte par Paul et lui ai tendu mon poignet afin qu'il attache lui-même la nouvelle. Son poids est plus léger, sa lumière plus douce, comme pour indiquer la fin d'une tempête. J'ai placé l'ancienne sous le pull fraîchement lavé. Parfois, la nuit, il me semble l'entendre battre.

Quant à ma peur du noir, est-ce grâce à Marie-Amélie ? Les nuits me semblent moins sombres. Comme si je commençais seulement à me pardonner la mort d'un petit frère que j'aurais échoué à sauver.

Louis et Agnès Lebel ont tenu à m'inviter à déjeuner pour fêter mon retour at home. Ça s'est passé à la cantine de la mairie après le repas des enfants.

Avant de les rejoindre à la table d'honneur, Mathis m'a menée à un grand réfrigérateur d'où il a sorti une bouteille de champagne.

– Figure-toi que j'avais décidé d'en faire sauter le bouchon pour fêter ton retour, m'a-t-il raconté. Et ça m'avait redonné la pêche.

Puis nous avons rejoint nos amis et, le bouchon sauté, ils ont trinqué à ma libération. Comment refuser d'en boire quelques gorgées ? Mais, à chacune il me semblait boire à la santé du disparu. J'ai encore du mal à prononcer les mots « mort », ou « décédé ». Je leur préfère « disparu » ou « parti ». Un disparu peut réapparaître, un parti, revenir.

Je suis retournée à la Source bleue, cette source dont la couleur unique : bleu-vert turquoise, vient selon la légende des larmes d'une belle pleurant son amant disparu. Qui sait si, un jour, je ne raconterai pas son histoire ? Le monde est plein des larmes d'amours interdites.

À propos d'histoire, un éditeur connu m'a proposé de publier le récit de ma captivité dans sa collection « Faits divers ». Les gens en sont, paraît-il, friands. Si j'accepte, je serai aidée par un écrivain chevronné. Un important à-valoir me sera versé ainsi qu'un pourcentage sur les ventes, à partager avec mon collaborateur. La fortune, quoi !

J'ai refusé très poliment et déclaré à l'éditeur que si me venait un jour l'envie de raconter mon histoire, je l'écrirais moi-même.

En attendant, j'ai autre chose à faire. Importantissimo.

– 53 –

J'ai appelé Germain. Pouvions-nous nous rencontrer, nous deux seulement, date et heure de son choix ? Après quelques secondes de silence, d'hésitation ? il m'a proposé de déjeuner avec lui le surlendemain à « La Chaumière », un restaurant non loin de la caserne. « 12 h 30, ça te va ? »

Ça m'allait. Lorsque j'ai ajouté, un peu gênée quand même, qu'il ne devrait en parler à personne, il s'est contenté d'un « oui » bourru, comprenant certainement que « personne » s'appelait Mathis.

Je connaissais bien « La Chaumière ». Nous y étions allés plusieurs fois dîner en couple : une salle aux lumières tamisées et aux tables suffisamment espacées pour pouvoir parler sans être entendus des voisins. La raison du choix de Germain ?

Lorsque j'ai joint Isabelle pour l'avertir que, jeudi, nous déjeunerions ensemble – c'est du moins ce que je dirais à mon mari alors qu'en réalité je serais avec le sien –, elle a éclaté de rire.

– Toi et tes embrouillaminis ! Si j'ai bien compris, tu veux me brouiller avec mon cher et tendre, tout en trompant le tien ? Et l'Amélie, elle en pense quoi ?

« L'Amélie », ma psy.
– Elle est dans le coup.

Germain était déjà là quand je suis entrée dans la salle aux poutres apparentes et aux nappes à carreaux rouge et blanc. La rouge se marie bien avec le bois. Certains affirment même que c'est pour ça que des imbéciles mettent le feu aux forêts : n'importe quoi !

Il s'est levé pour m'accueillir et m'a embrassée sur les deux joues sous le regard ravi de Joseph, le patron : un homme solide, passionné par son métier et dont la femme, Rosa, s'enorgueillit d'un diplôme de sommelière. Allez, les filles !

Il a pris notre commande : pour Germain, une côte de bœuf-purée de pommes de terre, pour moi une salade franc-comtoise : feuilles de chêne, tomates cerises, noix, comté.

– Alors, qu'est-ce qui t'arrive ? a-t-il attaqué sitôt Joseph reparti.

– J'ai besoin de savoir qui est exactement Albert Gosselin, le parrain de Paul, ai-je répondu sans hésiter.

Germain a ouvert de grands yeux. Puis il a froncé les sourcils.

– PAULIN, pas Paul ! Et tu ne crois pas qu'il serait temps de tourner la page ?

– Ma psy m'a appris qu'avant de tourner la page il était bon de la lire jusqu'au bout afin d'éviter les cauchemars, lui ai-je renvoyé. Et pour moi, ce sera toujours Paul, le nom qu'il m'avait donné.

Les larmes n'étaient pas loin et Joseph est arrivé à point nommé avec, sur un plateau, un carafon de vin et deux verres ballon.

– Vin jaune 2015, de la part de la patronne, a-t-il annoncé fièrement.

Comme il s'apprêtait à me servir, Germain l'a arrêté.

– Pas trop pour la gamine, elle est venue en voiture.

La « gamine », la « petiote »… C'était donc ainsi qu'il me voyait ? J'ai ravalé mes larmes : la gamine allait lui montrer de quel bois elle se chauffait !

En attendant, après m'avoir versé un doigt de nectar, toute la main pour l'adjudant, Joseph a filé accueillir un groupe de touristes. Presque vide à notre arrivée, la salle s'était remplie sans que je m'en aperçoive.

– Bien ! Que veux-tu savoir exactement sur notre homme ? a grommelé Buisson après avoir bu une gorgée de vin.

– J'ai entendu dire que, jusqu'au bout, il avait cru dur comme fer à l'innocence de son filleul, me suis-je lancée, encouragée par « notre homme ».

– Comme « fer », c'est bien le mot, a râlé Germain. Si dur qu'il était parvenu à me convaincre de l'innocence de Paulin, le témoignage du directeur du Centre où il avait étudié durant trois ans, à l'appui.

– En somme, Albert, quelqu'un de fiable.

– Fiable, honnête et à ce que l'on m'a dit, un as dans son métier. Ça te va ?

Ça m'allait, oui. À condition que l'homme brisé vu à l'église accepte de redresser les épaules pour m'aider à réaliser mon projet.

– Et sa femme, elle est comment ? me suis-je renseignée.

– Fiona ? Une furie.

Il m'a raconté la détestation qu'elle portait à son neveu et son comportement tellement exagéré que ses gars en avaient conclu qu'elle délirait et préféré croire son mari.

– Bref, sans l'entêtement de ton mari à toi, peut-être serais-tu encore dans ton étable.

Et Paul serait vivant…

Une fois de plus, je m'en suis voulu de tout ramener à son prénom. Si mon projet aboutissait, j'en serais délivrée : ce prénom s'imposant non plus comme une souffrance mais comme une promesse d'espoir.

« Toi et tes embrouillaminis », avait rigolé Isabelle la veille. Il arrive que ce soit la vie qui vous emberlificote vite fait mal fait, sans qu'on lui ait rien demandé.

– Et pourquoi cet intérêt soudain pour Albert Gosselin ? s'est inquiété mon ami.

– Tu le sauras bientôt.

En arrivant avec nos assiettes pleines, le garçon m'a dispensée de développer.

La côte de bœuf embaumait et Germain l'a attaquée sans attendre. Depuis quelque temps je mange moins de viande et en m'assurant toujours de sa provenance.

Plus tard, me raccompagnant à ma voiture, Germain a fait une dernière tentative pour m'assagir.

– Tu sais, Alma, il faudra bien qu'un jour tu consentes à faire ton deuil de cette foutue histoire.

– Je sais, j'y travaille, lui ai-je répondu.

En démêlant les fils de la foutue histoire pour en construire une autre qui ne se terminerait pas dans les larmes mais, je l'espérais tant, dans l'acceptation, pourquoi pas la sérénité.

– 54 –

Pourquoi les habitants des Grangettes s'appellent-ils les « Tiercelets », nom donné ici aux oiseaux de proie ? Certains vous expliqueront fièrement que c'est dû à la grande Colette qui avait situé l'un de ses romans dans la région. Roman qui racontait l'histoire du hibou tiercelet grand duc, dont le pas d'homme, arpentant les greniers à la recherche de proies, rats ou souris, épouvantait les enfants la nuit.

Et, cet après-midi de fin juin, me rendant aux Grangettes dans le but d'y rencontrer Albert Gosselin, je me demandais qui, dans ce que je venais de vivre, était l'oiseau de proie. Et, pour moi, la réponse s'imposait : Fiona, son épouse.

Quittant ma voiture, le vacarme des scies électriques m'a percé les oreilles tout en m'indiquant que j'étais au bon endroit. Je me suis approchée sans hâte de la vaste cour où des hommes vêtus de salopettes, chaussés de sortes de sabots, s'affairaient autour de troncs de sapins fraîchement coupés. J'ai imaginé Paul parmi eux, travaillant avec ardeur, fier de son diplôme de « compagnon du bois ». Que leur avait-on dit de lui, de nous ?

J'avais envie de leur crier : « Écoutez, ce n'était pas l'homme dur et sans pitié qu'a décrit la presse mais simplement un être fragile, détruit par un père mortifère et qui cherchait désespérément à sortir de sa solitude. »

M'auraient-ils entendue ?

J'ai appuyé sur le bouton près du portail et celui-ci s'est ouvert majestueusement tandis qu'à l'autre bout de la cour, du côté de la belle demeure, une sonnerie retentissait. Très vite, un homme est apparu que j'ai tout de suite reconnu : le même que celui, plié par la douleur, lors de l'enterrement de son filleul.

Me découvrant, il s'est arrêté net.

– Vous ? a-t-il soufflé.

Soudain, j'ai eu peur qu'il ne s'enfuie. J'ai avancé d'un pas et posé la main sur son bras.

– Monsieur, s'il vous plaît, restez. J'ai besoin de vous parler de Paul.

Et j'ai ajouté :

– Vous savez, je l'aimais beaucoup.

Le regard d'Albert Gosselin s'est levé vers moi, incrédule, noyé.

– Venez, a-t-il bredouillé.

Tandis qu'il me précédait vers la maison, les ouvriers ont cessé de travailler pour nous accompagner des yeux et je leur ai souri en espérant leur être bientôt présentée.

Le vestibule était frais et silencieux. Albert m'a conduite jusqu'à une grande pièce meublée d'un beau bureau de bois sombre et d'une armoire à étagères emplies de dossiers. Il m'a désigné un fauteuil sur lequel j'ai pris place, tiré une chaise près de moi et, sans attendre, d'une voix brisée :

– Pardon, Alma. Pardon pour ce que Paulin vous a infligé.

J'ai pris ses mains dans les miennes, plongé mes yeux dans les siens, et sans hâte, doucement, comme on parle à un grand blessé, je lui ai raconté la délicatesse, la gentillesse de son filleul à mon égard, son souci de satisfaire chacun de mes besoins et sa capacité à les deviner.

Bien sûr, il m'avait enlevée, enfermée, séparée des miens, mais très vite j'avais deviné en lui l'homme blessé, l'enfant détruit, et entendu ses appels au secours. Alors, j'avais tenté de l'apprivoiser, je l'avais incité à me parler : un mot, deux, une phrase, plusieurs, un sourire… Et ma fierté à le voir progresser, mon bonheur lorsque enfin j'avais réussi à gagner sa confiance.

Le regard fixé à mes lèvres, Albert m'écoutait avidement, comme on boit après une longue traversée du désert : encore, encore, encore. Je ne lui ai pas caché les quelques accès de colère de son filleul contre moi, colères qui ne duraient jamais et dont il se repentait sincèrement après. Ni de ma crainte de ce qui arriverait le jour où nous serions séparés, où je retrouverais les miens. Ce jour que j'appelais de mes vœux tout en redoutant la violence de sa réaction.

Et là, je n'ai pu retenir mes larmes car ce jour était bien venu.

– Non, ne pleurez pas, Alma, s'est écrié Albert. Et maintenant, c'est à vous de m'entendre, je vous en prie.

Ses larmes à lui avaient cessé de couler, ses épaules s'étaient redressées. On aurait dit que mes paroles lui avaient redonné de la force. Même son visage semblait moins fripé.

– Vous aurez apporté à Paulin plus de bonheur qu'il n'en avait jamais éprouvé. Chaque jour, je le voyais changer, s'ouvrir, grandir, en somme. J'avais même pensé qu'il était amoureux. Et sans doute l'était-il, comme un enfant, de celle qui, tout simplement, lui apportait la vie. Oui, Alma, vous avez fait de lui un homme heureux.

– Mais il est mort ! me suis-je révoltée, employant pour la première fois le mot que, jusque-là, j'étais incapable de prononcer.

C'est alors qu'Albert m'a offert ceux qui, sans effacer la douleur, y mettraient un peu de baume.

– Imaginez un seul instant ce qu'aurait été sa vie derrière des barreaux ? Séparé de vous, de moi, de son travail. À jamais ? Pensez-vous qu'il l'aurait supporté ?

Non. Plutôt mourir. Son choix.

– 55 –

C'est là que je lui ai parlé du grand projet que je nourrissais depuis cette mort. Un projet qui nous permettrait, à lui comme à moi, de garder vivant en nous le souvenir de Paul. Et aussi d'y associer d'autres personnes, le plus possible de personnes, afin d'étendre son rayonnement.

Fonder une association qui viendrait en aide aux enfants orphelins ou en souffrance. Une association qui porterait son nom. Et chacun de nos efforts, chacune de nos victoires pour sauver un petit lui serait dédié.

Les larmes qui roulaient sur les joues d'Albert étaient de bonheur : un but, un magnifique dessein, un accomplissement. Comment n'y avait-il pas pensé lui-même ? Et bien sûr, il était partant ! Là, il a eu un sourire timide : à la condition que notre association porte le nom de « Paul », celui qu'il m'avait offert, à moi seule, plutôt que Paulin.

Et ça a été à mon tour de pleurer. Avant de poser ma condition à moi : Albert en serait le président, je me contenterais d'être la vice.

La « vice » ? Et là, écoutez bien, nous avons éclaté de rire et ri encore et encore, dans nos larmes, éperdument.

Plus tard, après m'avoir offert à boire – de l'eau de la même marque que celle que Paul m'apportait chaque jour là-bas –, Albert a ouvert pour moi l'album de photos de famille. J'y ai fait la connaissance de Marie-Paule, sa sœur et mère de Paulin : une jolie jeune femme au regard las, comme résigné. Elle était atteinte de leucémie et il lui avait promis de recueillir son fils lorsqu'elle serait partie : un enfant difficile, un « caractériel ». J'avais pensé, moi, à un « désaxé » : même combat. Dans les deux cas, des êtres différents, à fleur de peau, de sentiments, sujets à d'incontrôlables accès de violence. Ce qui n'avait pas empêché Paul d'être intelligent et capable d'exercer son beau métier.

Albert m'a parlé également de son père boucher, sa perversité, son acharnement à détruire son fils. Et sans doute y serait-il parvenu si un incendie n'avait pas éclaté dans son appartement, entraînant sa mort : une bénédiction.

Et là, un je ne sais quoi dans la voix du parrain m'a conduite à penser que la bénédiction ne s'était pas produite par hasard. Au Ciel de juger, dans son infinie sagesse.

Lorsque à ma demande, Albert a évoqué sa femme, Fiona, pour la première fois, son ton s'est durci. Il m'a décrit sa détestation de son neveu, sa fureur lorsque, fidèle à sa promesse, il l'avait pris chez lui après la mort de sa sœur. Sa volonté farouche de s'en débarrasser par n'importe quel moyen, ses soupçons concernant son enlèvement et sa dénonciation à la gendarmerie.

Même si ces soupçons s'étaient révélés fondés, Albert ne pouvait plus supporter Fiona et il l'avait flanquée dehors.

Contrairement à ce qu'elle se plaisait à clamer partout, la scierie n'appartenait pas à elle mais à lui. Une procédure de divorce était en cours. À condition qu'elle accepte de partir loin, très loin des Grangettes, il lui laisserait de quoi vivre selon ses goûts.

Ce qui ne m'a pas étonnée : générosité de famille.

Puis il a souhaité en savoir davantage sur moi et je lui ai raconté Mathis, notre entente et son travail à la mairie de Saint-Point. Je lui ai aussi parlé du Centre et de ma passion pour mon métier : aider les enfants en difficulté. Lorsque j'ai évoqué Tristan, il est devenu songeur. Il lui semblait avoir entendu son filleul prononcer ce prénom. Se trompait-il ?

Non, il ne se trompait pas. Paul avait en effet croisé Tristan à plusieurs reprises, lui ai-je confirmé. Et il m'avait exprimé son regret de n'avoir pas, au même âge que lui, fréquenté un centre tel que le mien et y être accueilli, pourquoi pas par moi ? En créant notre association, d'une certaine façon, nous exaucerions son vœu.

– Avez-vous parlé de votre projet à votre mari, Alma ?

– Pas encore, ai-je répondu, j'attendais d'avoir votre accord.

Nous avons décidé de nous revoir dès que j'aurais rassemblé tous les éléments nécessaires à notre entreprise. Alix, ma coéquipière au Centre, m'y aiderait.

Alors qu'Albert me raccompagnait au portail, les regards des compagnons nous ont suivis à nouveau. Au moment de nous séparer, je n'ai pas résisté au plaisir de l'embrasser sur les deux joues.

Sûr que ça allait jaser dans les chaumières !

– 56 –

Juillet déjà, et l'été. Ce matin, lorsque j'ai ouvert la fenêtre de ma chambre, j'ai pu sentir le parfum du rosier « double délice ». Il m'a parlé de celui qui, d'une certaine façon, m'avait aidée à assumer une situation difficile, à m'assumer, à grandir : Stéphane, mon beau-père. Il m'arrive de l'appeler uniquement pour le plaisir d'être tutoyée par lui.

Et justement, la semaine prochaine, Mathis et moi prendrons la route pour Strasbourg où nous passerons une quinzaine chez lui. C'est là que je dévoilerai mon projet à mon mari. Si j'ai tant tardé, c'est que j'étais certaine qu'il y mettrait son veto. Je compte sur sa générosité, conjuguée avec le bienveillant soutien de son père, pour qu'il finisse par l'accepter. L'approuver ? Ne rêvons pas.

Après Strasbourg, nous descendrons à Cavaillon où seule maman sera mise au parfum. À elle de décider si elle transmet à son époux. À mon avis, elle s'en gardera bien. Ne dit-on pas que certains secrets sont le ciment d'un couple ? Surtout ceux qui risquent d'y mettre le feu.

Aujourd'hui, soleil radieux, jardinet exubérant, sapins bruissant de verte allégresse, j'ai invité Isabelle à déjeuner à la terrasse d'un bistrot à confidences, inconnu de nos « chers et tendres » et qui en a entendu des vertes et des pas mûres.

Je suis arrivée un peu à l'avance pour savourer le bonheur à venir. Imaginer la tête de mon amie quand je lui dévoilerai ma future entreprise. Comment le prendra-t-elle ? En sera-t-elle heureuse ? Sera-t-elle fière de moi ? Aucune idée sinon que, venant de ma « grande sœur », je peux m'attendre à tout.

Elle m'a rejointe très vite, les yeux en escarboucles :

– Alors, alors, alors ?

J'ai attendu d'avoir dégusté quelques gorgées de bordeaux blanc moelleux qui accompagnerait nos salades campagnardes, pour lui balancer tout le paquet : Paul, Albert, les gamins à secourir et l'association.

Mon Dieu, si vous l'aviez vue : deux ronds de flan. Ça m'a fait un plaisir fou : pour la surprendre, elle... Et de deux avec l'Amélie, elle K-O debout. Ce dont j'avais profité pour lui tirer ma révérence : mieux à faire avec mes sous.

Sitôt ses esprits revenus, savez-vous ce que ma « grande sœur » a fait ? Elle a commandé deux coupes de champagne : du millésimé. Et là, c'est la tête du garçon qu'il fallait admirer : du champagne, du meilleur, alors que nous avions déjà largement entamé le bordeaux supérieur et qu'il s'apprêtait à nous servir nos campagnardes...

Craignant que sa cliente ait perdu les pédales, il a appelé le patron qui, ayant constaté que tel était bien le cas, a tenu à remplir lui-même nos coupes, sous les applaudissements des tables voisines. Douce France.

– À mon incroyable amie, a lancé Isabelle en levant sa coupe.

– À Paul, futur immortel, ai-je renchéri.

Ne riez pas : chez nous, les académiciens n'ont-ils pas le droit de l'être ? Et eux, de leur vivant ?

Tandis que nous dégustions nos salades campagnardes – pommes de terre, lardons, chèvre chaud –, le silence de mon amie, ses sourcils froncés par la réflexion, son regard perplexe sur moi, m'ont inquiétée. Que me mijotait-elle encore ?

Pour l'apprendre, il m'a fallu attendre le dessert : un Mystère glacé – tranchettes de pomme, crème, beurre salé, caramel et un doigt de kirsch.

– Promets-moi d'accepter ce que je vais te demander, m'a-t-elle ordonné, sérieuse-sérieuse.

Sans doute un peu pompette, j'ai promis. Et, quand je promets, je tiens.

Elle a désigné mon portable, à portée de ma main – les habitudes se reprennent vite.

– Là, maintenant, tu vas appeler l'éditeur qui t'avait proposé d'écrire sur ton épopée et tu lui donneras ton accord.

L'allégresse a fait bondir mon cœur. Mais bien sûr : un livre sur Paul, Paul et moi, Paul réhabilité, chanté, aimé. Un livre dévoré par des milliers et des milliers de lecteurs, un bestseller, la plus belle des preuves d'amour.

– Et pas question de te faire aider, t'es grande, non ? a poursuivi Isabelle.

Oh oui ! Merci, Stéphane.

– Accepterais tu d'être mon agente ? ai-je risqué, tremblante de bonheur.

– En doutes-tu ?

Elle a levé à nouveau sa coupe :

– D'ailleurs, j'en ai déjà trouvé le titre : « Quand la belle se réveillera. » T'en penses ?

Cet ouvrage a été imprimé en France par
CPI Brodard & Taupin
Avenue Rhin et Danube
72200 La Flèche (France)

pour le compte des Éditions Fayard
en avril 2022

Photocomposition Belle Page

PAPIER À BASE DE FIBRES CERTIFIÉES

Fayard s'engage pour l'environnement en réduisant l'empreinte carbone de ses livres. Celle de cet exemplaire est de :
900 g éq. CO_2
Rendez-vous sur www.fayard-durable.fr

Dépôt légal : avril 2022
N° d'édition : 40-8200-0/01 - N° d'impression : 3047309